SOPA, CONSOMÊ E MINESTRONE

2006 © Clovis Zanetti

Direitos desta edição reservados a
EDITORA DE CULTURA LTDA.
Rua José de Magalhães, 28
04026-090 – São Paulo – SP
Fone: (11) 5549-3660
Fax: (11) 5549-9233
sac@editoradecultura.com.br
www.editoradecultura.com.br

*Nenhuma parte deste livro poderá
ser reproduzida, armazenada ou
transmitida sob qualquer forma
ou através de qualquer meio sem
prévia autorização por escrito da Editora.*

Capa: Aquarela de Tuneu

Primeira edição: Dezembro de 2006
Impressão: 5ª 4ª 3ª 2ª 1ª
Ano: 10 09 08 07 06

Dados Internacionais de Catalogação na Publicação (CIP)
Marlova Santurio David CRB 1107/9

	Zanetti, Clovis, 1946-
z28s	Sopa, consomê e minestrone : contos de lá pra cá / Clovis Zanetti . - São Paulo : Ed. de Cultura, 2006. - (Coleção Letras do Brasil) 192 p.
	ISBN : 85-293-0110-2
	1. Contos brasileiros. 2. Literatura brasileira - Contos. I. Título. II.
Série	

CDU 869.0(81)-34

Índices para catálogo sistemático:
1. Contos : Literatura brasileira   869.0 (81)-34

CLOVIS ZANETTI

SOPA, CONSOMÊ E MINESTRONE

contos de lá para cá

EDITORA DE CULTURA

E assim escondo-me atrás da porta, para que a Realidade, quando entra, me não veja. Escondo-me debaixo da mesa, donde, subitamente, prego sustos à Possibilidade. De modo que desligo de mim, como aos dois braços de um amplexo, os dois tédios que me apertam – o tédio de poder viver só o Real, e o tédio de poder conceber só o Possível.

FERNANDO PESSOA
do *Livro do desassossego*

SUMÁRIO

Prefácio 9
O mundo sob o olhar de Clovis Zanetti,
    por Carlos Hee

Introdução 11

1. SOPA, CONSOMÊ E MINESTRONE 14
2. PEGAÇÃO NA PRAIA 21
3. CONVERSA DE AVIÃO 34
4. A PROPÓSITO DE EMOÇÕES 46
5. ENCONTRO LITERÁRIO 60
6. COMO EU, POR EXEMPLO 66
7. JEANNE, JESSICA E JANE 74
8. LUGARES, CHEIROS, SABORES 84
9. LIÇÃO DE MORTE, LIÇÃO DE VIDA 93
10. CIDADE E CAMPO 106
11. PERSONA 113
12. PESQUISA DE AEROPORTO 121
13. PIERO 132
14. PRESENTE DE NATAL 139
15. RUDDY 148
16. SÓ OU ACOMPANHADO 157
17. A CRUZ 164
18. SORTE 171
19. UMA HERANÇA FORÇADA 179

Sobre o autor 189

Prefácio

O MUNDO SOB O OLHAR DE CLOVIS ZANETTI

Conheci Clovis Zanetti em Paris, na casa de uma jornalista brasileira, em novembro de 2005. Falamos de tudo, sobretudo de literatura, e Clovis falou-me de seu livro e do seu projeto de publicá-lo no Brasil.

A empatia tendo sido imediata, fiquei curioso em ler seu manuscrito. Lendo os contos de *Sopa, consomê e minestrone*, vi que tinha diante de mim os originais de uma obra cheia de informações sobre uma época – ou melhor, sobre várias épocas – e principalmente sobre a questão da própria existência humana.

Em seus contos, quase crônicas, Clovis consegue levar o leitor a uma viagem pelos mais diversos cenários internacionais. Não como um guia de turismo, já que não se atém a uma simples descrição de cidades como Paris, Nova York, Chicago, Pompéia – esta num surpreendente exercício de *science-fiction* – ou Vézelay, Rio de Janeiro, São Paulo. A narrativa de Clovis está centrada nas pessoas que vivem nestas cidades. Que podem estar em qualquer uma delas – como o autor –, sendo cidades de um mundo globalizado, e cujas raízes se encontram nas redações escolares feitas em colégios da infância, não nos centros urbanos em que escolheram viver.

Nestas cidades, seus personagens interagem e mostram suas fraquezas e virtudes, sua maneira de viver e sobreviver num mundo que se transforma diariamente.

Mas o que mais me impressiona nos contos de Clovis é seu olhar sobre a modernidade, sobre as relações humanas, sobre uma legião de homens e mulheres que se jogaram no mundo atrás de diferentes ideais e encontraram até mesmo em pequenas situações, objetos, fotos, numa chuva que cai sobre Paris ou na erupção do Vesúvio a dramaticidade ou a comicidade de momentos que poderiam passar desapercebidos para um observador menos atento.

Esse não é o caso de Clovis. Para ele, uma conversa sobre sopa e semântica serve de pretexto para retratar a vida de brasileiros em Paris. Lembranças de senhoras idosas são panos de fundo para discutir a morte. E a presença de Jeanne Moreau lhe dá a oportunidade de discorrer sobre o aterrorizante início da epidemia da Aids de uma forma comovente, sem cair na pieguice sentimentalóide, mas usando o humor de seu personagem que agoniza para compor um dos retratos mais impressionantes e fiéis que já se fizeram sobre a doença nos anos 80.

Ler os contos deste primeiro livro de Clovis Zanetti é um prazer e uma aula sobre as relações humanas. Do primeiro ao último. De um só fôlego.

CARLOS HEE
jornalista

Introdução

*Qualquer semelhança com pessoas ou acontecimentos
narrados é absolutamente voluntária.*

Nem poderia ser de outra forma, saiu tudo da minha cabeça, não foi? Na verdade, nem tudo. Pensando bem, se formos honestos, tudo o que dizemos ou escrevemos reflete nossas vivências, e como elas dependem de outras pessoas, que também possuem idéias, no fundo, sempre estamos redizendo, recontando.

Também não sejamos tão modestos – é um dos poucos defeitos que não tenho. A gente escolhe, aceita, discorda, personaliza um pouco. Mas as grandes idéias estão por aí há muito tempo, graças a Deus, senão, o que seria de nós? Pouco se cria, muito se transforma.

Sempre tive a veleidade de escrever, mas a bulimia de vida aliada à preguiça me impediam; eu sempre achando que realizaria isso mais tarde, quando ficasse velho e tivesse pouca coisa a fazer. Desculpa, claro. Às vezes, escrevia em algum caderno ou bloco, enviava a alguém, mas não dava andamento.

Quando comecei a usar o computador, resolvi passar as idéias a limpo. Fui digitando, digitando, até que um dia deu um crepe no meu disco rígido e perdi quase tudo. Fiquei desesperado. Pedi socorro aos amigos para ver se por acaso alguém não teria guardado algumas das coisas que enviei por carta ou correio eletrônico; porém, recuperei muito pouco. Aprendi na marra a não confiar na alta tecnologia.

Das coisas que sobraram, havia dúzias de idéias de contos, apenas sumários "para escrever mais tarde". Achei que, se não escrevesse logo, até aquilo se perderia. Então, resolvi começar no ato.

As histórias foram se sucedendo na escrita, quase sempre a partir de uma só frase. Não tentei estabelecer ligações entre elas. Resolvi identificar somente os lugares e as épocas mais prováveis para dar alguma referência ao leitor que quisesse lê-las de maneira aleatória, selecionando-as só pelo título.

Acabei dando-me conta de que o fio que poderia ligar os contos não era uniforme, situava-se justamente na diversidade de pessoas, situações, lugares, culturas – reflexo e produto de minha própria história pessoal. Mesmo o estilo variou do conto à crônica, do linguajar mais rigoroso ao menos formal, do ritmo mais pulsante ou menos acelerado. Não tentei uniformizar, deixei rolar.

Houve pouca censura, fui deixando fluir as idéias, achando que voltaria mais tarde para cortar, arranjar, embaralhar melhor as cartas, mas acabei não fazendo. Quando voltei, pensando em aprimorar a forma, foi só para que as palavras soassem melhor. Não toquei no conteúdo.

Resolvi dar o título de um dos contos ao livro, pois achei que ele representa muito bem o tema geral tratado nas várias histórias. Além disso, algumas são realmente simples e claras como um consomê; outras quentes como uma sopa, outras frias como um *gazpacho*, outras uniformes como um *velouté*, outras misturam tudo como um minestrone. Para simplificar, ficou só *Sopa, consomê e minestrone.*

Se eu tivesse de agradecer a todas as pessoas que me estimularam e ajudaram, a lista seria tão longa que prefiro deixar aqui um agradecimento do fundo do coração a todas elas. A maior parte, aliás, já está intrinsecamente presente no livro, elas sabem disso.

Chega de preâmbulos, não fico nada preocupado se a maioria dos leitores pular a introdução e for direto aos contos; é até natural. Mas a você, que se deu o trabalho de ler este prefácio, digo obrigado pela confiança. Tomara que goste, de verdade!

CLOVIS ZANETTI

1

SOPA, CONSOMÊ E MINESTRONE

Paris, 2000

O jantar de catorze à mesa – jamais treze – estava pela metade. Depois do interminável aperitivo, entradas frias e quentes, a empregada começou a servir o prato: peixe grelhado e uma moqueca de camarão ultra-incrementada, arroz branco, farofa amarelinha de dendê, vinho branco alemão para a maioria, champanhe Cristal para os esnobes e um maravilhoso Brouilly geladinho para os fãs incondicionais do tinto. Betty, que não era boba, ficava só na água – era um jantar de representação, apesar de toda aquela pinta de descontração carioca.

Coisa de diplomata; enorme apartamento na *avenue* Foch, só gente ligada à embaixada: os dois adidos e esposas, o milico caretão, aquele economista chatíssimo do setor comercial com a esposa, as duas bichas do setor cultural – um caso enrustido –, aquele médico famoso em visita a Paris, os donos da casa e a filha artista, e Betty, a jornalista, figura inevitável se os diplomáticos quisessem alguma cobertura simpática na imprensa, como: "O casal *Nhonhó* recebe com grande estilo, no seu chiquíssimo *flat* parisiense, o professor *Nhenhé*, em visita à Sorbonne para..."

Era trabalho. Betty vivia disso e sabia que era o preço a pagar se quisesse continuar vivendo em Paris, mantendo o filho sem ajuda da família ou do marido filho-da-puta, escrevendo, tirando fotos e tomando um pouco de sol em alguma praia quando o inverno começava a pesar. Mas havia limite. A conversa daquele jantar já era demais. Começaram com aquele joguinho perverso de ver quem exibia mais coisas, objetos ou conhecimentos consumidos, do tipo: "No ano passado, vi uma exposição incrível no...; assisti ao concerto do Nelson Freire na...; tive até de fazer uma plástica, o sol de Capri me deixou a pele toda marcada; estes dias estava andando de táxi, roubaram meu carro bem na frente do...; comprei este sapato só para ir à festa do...; não agüento mais a política européia sobre...; a importação francesa depende de...; o Itamaraty pensa que..., mas o embaixador acha que...".

Em seguida, vieram as famosas comparações de países, culturas, hábitos: "Em Nova York, achar um táxi na rua é muito mais fácil, aqui é impossível; o clima de São Paulo é péssimo, mas a vida cultural melhorou muito; não se pode mais ir a Saint-Tropez no verão, agora só freqüento as praias daqueles países do Leste, como...; a violência do Rio ficou pior que as guerras do Oriente Médio; Londres está caríssima, recusei um posto por lá; os homens italianos são lindos, porém tão machistas; Paris é o máximo, mas o mau humor dos franceses é de lascar".

Estavam na sobremesa quando a bicha enrustida do setor cultural soltou:

— Demorei alguns meses para falar alemão quando ocupei meu posto em Berlim, mas aqui foi muito fácil. Para nós, brasileiros, falar francês é sopa, não é, Mário?

Claro que a outra bicha, mais tímida porém versada em literatura, aproveitou para expor sua grande experiência na língua de Proust, sem deixar de citar não só o próprio, mas também versos, frases de filmes, livros e ditados populares. Betty acabou ficando tão irritada que resolveu atacar:

— Estou de acordo que francês é sopa, mas depende... Afinal, no Brasil, sopa é sopa. No máximo, há também a canja. Porém, na França, há *consommé, velouté, potage, bisque...* de que sopa vocês estão falando?

A dona da casa sentiu a agressividade e resolveu intervir. Não era mulher de diplomata à-toa:

— É verdade. Que requinte culinário, não? Aliás, descobri um regime de sopa que funciona mesmo. A gente só toma sopa de repolho durante uma semana e perde três quilos. Eu faço sempre que vou ao Rio e ainda assim tenho vergonha de ir à praia com os biquínis de lá...

Betty, sempre magra, próxima da anorexia, quase voltou à carga, mas achou melhor fazer média, o jantar estava acabando. Ainda teve de agüentar um discurso do convidado de honra sobre o sistema de saúde falindo; um do economista sobre o caráter preguiçoso do funcionalismo público; um dos encarregados pelo setor cultural sobre a burocracia dos museus; um das esposas sobre as dificuldades com os empregados filipinos; um da filha artista sobre a bolsa de estudos que seguramente o pai lhe conseguira, como se ela realmente precisasse disso!

Aproveitando que a filha pseudo-artista devia sair para ver alguém, Betty inventou uma desculpa para também se despedir e partir no embalo. Seu carrinho estava estacionado quase à porta, era tão pequeno que cabia em qualquer lugar. Ela entrou, baixou a velha capota de lona e saiu bem rápido daquele bairro que detestava. Deixou o ar fresco entrar para tentar esquecer mais depressa a caretice daquele jantar comprido e chato. Entretanto, continuou lembrando, sem saber por quê. Com Paris vazia naquele mês de agosto, Betty chegou rápido às margens do rio, em piloto automático. Por que ela continuava remoendo os comentários do professor, do economista, dos diplomatas, da artista? Provavelmente porque, na verdade, todas aquelas comparações a afetavam; porque vivia rodeada por elas no subconsciente, como um pano de fundo de uma vida dedicada a mudanças. Sem nunca ter sido ligada à diplomacia ou à aviação, Betty sempre vivera em lugares diferentes. Nascida em Minas, tinha morado no Rio e em São Paulo até a adolescência, por causa do trabalho do pai. Escola na Suíça – isso se fazia na época –, universidade nos Estados Unidos, pós-graduação no Canadá, alguns anos em Londres por causa do marido, divórcio, trabalho na BBC, de novo o Brasil numa tentativa de retorno, tarde demais, o que fazer? Não podia viver dos seus livros, apesar de sempre ser elogiada pela crítica, mas quem vende poesia? Sobrou a porta do jornalismo: correspondente de moda, de arte, mas sobretudo daquilo que vende jornais e revistas, ou seja, dinheiro: gente importante, chique e famosa.

Como ela acabou indo parar lá? Sorte e pistolão, claro; mas, para poder ficar e durar, muito trabalho e uma boa dose de talento. Não podia se queixar.

O cheiro das margens do Sena trouxe-lhe outros cheiros conhecidos, de outros rios de sua vida: do Tâmisa, do Arno, do East River, até do rio Paraíba, da fazenda do avô em Guararema. Quanto rio, quanta água, quanto cheiro, meu Deus!

Como se tivesse fumado maconha, sentiu que seus sentidos estavam aguçados; começou a entrar numa espiral de recordações, um pouco olfativas, depois sonoras, depois ficou só no mental, o cenário exterior servindo apenas de catalisador. Foi lembrando. Foi comparando.

Sabe-se lá como, vieram-lhe à mente as férias da infância às margens do Paraíba ou do Lambari. Fazenda, cavalos, pesqueiro, vidinha de lazer com os primos, festas de São João, quentão. Lembrou-se ao mesmo tempo do colégio de Genebra, das freiras, dos passeios no lago, das descobertas do sexo e do amor. De seu primeiro apartamento em Londres, pequeno, mas com vista para o Tâmisa, e das caminhadas empurrando o carrinho de bebê.

Tudo se misturava, como se diferentes quebra-cabeças se confundissem, e as peças de um não pudessem se encaixar nas peças de outro. Como comparar o Paraíba com o Sena ou com o East River, o lago Maggiore com o lago Michigan, o quentão com champanhe, suas colegas do colégio com os amigos da universidade, seu marido com seus amantes, seus artigos de correspondente com seus livros ou mesmo com suas cartas ou seus e-mails?

Sua cabeça virou um mingau de tantos pensamentos desbaratados. Uma sopa, na verdade um minestrone – não negava sua preferência italiana. Resolveu fumar de verdade, tinha sempre um baseado enrolado na cigarreira. Deu três ou quatro puxadas e, quando sentiu que o haxixe estava fazendo efeito, estacionou num cais da ilha Saint-Louis, saiu do carro para sentar na borda e olhar as luzes da cidade refletidas no rio. A *peniche* que passava lembrava tantos barcos da sua vida, por rios e mares pouco navegados, pelo Mekong, pelo Amazonas ou pelo Atlântico Norte. Os rios, os mares e os lagos faziam parte daquele consomê, que se enchia de paisagens, cidades e pessoas e que acabava virando uma sopa com legumes, feijão e macarrão, *un vero minestrone!*

Betty sentiu-se invadida por uma paz proveniente do haxixe, mas também da aceitação. Por que insistir em fazer tanta comparação? No seu caso, na sua vida, isso seria sempre uma porta aberta para a angústia, para a indecisão, até para a depressão. Gozado, porque, racionalmente, ela sabia disso há muito tempo. Ficou claro quando ela havia aceitado a perda definitiva de suas raízes originais sem ter adquirido raízes novas em nenhum outro lugar. Foi duro, teve de passar por muitos anos de análise, mas conseguiu sobreviver. Lembrou-se até das trocas de analista, da busca de alguém que fosse capaz de apreender aquela problemática de diferenças culturais, de mudanças, de falta de raízes. Foi só Oana, aquela sua psicanalista russo-franco-americana, que conseguiu fazê-la admitir que suas raízes eram aéreas, nem daqui nem dali, como ela mesma. Betty teve vontade de rever a analista, perdida no tempo e no espaço devido a suas andanças.

Mais algumas puxadas e, cada vez mais calma, apaziguada, foi encaixando as peças, ali, naquele instante. Via sua vida como uma colcha de retalhos, um *patchwork*, como ela encontrara uma vez no lago Michigan e, mais tarde, como as colchas que encomendava às costureiras de Parati. Para ela, as colchas só eram bonitas quando feitas com pedaços de tecidos distintos. Desde que houvesse uma coerência, uma simetria, uma ordem, a colcha perdia o interesse para ela. Era assim seu conceito de vida. Que fazer senão aceitar?

Aceitar até a conversa daquele jantar, por que não?

As pessoas reunidas em volta da mesa eram todas expatriadas, como ela. Todas se haviam confrontado com aquela sensação desagradável de ter perdido algo familiar e ainda não ter encontrado uma coisa nova para colocar no lugar. Poucos conseguem. Poucos chegam realmente a repor elementos da cultura original. O que se consegue é incluir novas camadas de cultura, novos pedaços de pano na colcha; macarrão e feijão na sopa de origem.

O que fazer para conseguir viver apesar daquela sensação de falta? Justificar, explicar, comparar. Quanto mais cultura temos, mais necessidade de racionalizar. Que sorte tiveram nossos avós quando emigraram, pensou Betty. A emigração por necessidade nos ajuda na adaptação, como fizeram os italianos ou os japoneses no Brasil do começo do século XX. Eles conseguiram. Mas os brasileiros emigram tão mal, agora. Todos esses Joões e Marias, Pelés e Carmens Miranda que acabam se reunindo aos sábados na casa de um deles, ignorando Paris ou Nova York para curtir uma feijoada e uma caipirinha com um sambão, ver uma novela da Globo ou torcer pelo Brasil na Copa do Mundo.

Betty ficou lá por um bom tempo. Depois de ter liberado os efeitos da droga com toda aquela filosofia barata sobre as diferenças culturais, foi caindo na observação daquela realidade deslumbrante, daquela paisagem organizada que tinha aprendido a amar – com aquele ruído de sirene que só existia por lá –, dos namorados que passeavam e se amassavam em público, como se nada existisse em volta. Apesar de grande viajante, sentiu-se bem estando lá, naquele instante; amanhã, veremos.

Amanhã, pensou ela, é dia de escrever minha coluna para o jornal. Já sei, o título será "Sopa, consomê e minestrone". Se ficar boa, vou até mandar para o meu editor. Quem sabe faço um livro de contos mais tarde?

2

PEGAÇÃO NA PRAIA

Santos, anos 60

Celso tinha deixado Laura em casa e guardado o carro na garagem; onze da noite era o limite. O cinema acabara às dez, dava tempo para tomar um sorvete e voltar tranqüilamente pela avenida Ana Costa até a rua da igreja. Laura morava ao lado do colégio das freiras; mais uma vez um beijinho de boa-noite na porta, a promessa de acordar cedo para ir ao Guarujá no dia seguinte, com pouca fila na balsa.

Falando de beijo, lembro que, na época, havia vários tipos.

Vamos fazer a lista por ordem crescente de intensidade:

- ❖ Beijo de chegada e de saída: em geral no rosto, numa ou em ambas as faces, dava-se em família, aos amigos de sexo oposto com certa parcimônia, aos amigos do mesmo sexo, nunca!

- Beijo de bênção: beijo de chegada, parecido com o descrito acima, quase sempre para os avós, substituto de um beija-mão dizendo "bença, vó", também usado nas sessões de umbanda.

- Beijo de artista: também para o encontro e a partida, porém para ambos os sexos, utilizado por escritores, poetas, artistas plásticos, homossexuais, quase sempre acompanhando abraços exagerados, dizendo "que saudade, pô".

- Beijo de namorada: aquele do Celso e da Laura desta história.

- Beijo de filme: aquele beijo estudado, estético, beijo de filme americano (Douglas Sirk sabia usar muito bem), muito pouco utilizado na vida real – alguns noivinhos tentavam imitar.

- Beijo de paixão: beijo de língua, aquele das preliminares, aquele aprendido nos filmes europeus "fortes, proibidos", aquele que leva pra cama.

Voltemos aos nossos namorados. Eram vizinhos durante as férias; ela era uma santista de boa família, religiosa e, evidentemente, virgem, ainda que no final do Curso Normal; ele, paulistano dos Jardins, estudante da Poli, desde a adolescência passava parte das férias na casa das tias solteironas de Santos. Na verdade, Celso era o queridinho, sabia conquistá-las com o sorriso sempre presente, trocava as lâmpadas queimadas, consertava as velhas tomadas do casarão, ia à missa de São José no domingo e acompanhava-as ao cemitério para visitar o *nonno*, falecido há mais de dez anos. Era uma família italiana, oriunda desses imigrantes que chegaram ao Brasil bem no começo do século XX, nos porões de navios de terceira classe, "desses que enriqueceram com o café...", como dizia tia Marilda, a tia brasileira quatrocentona, que fora rica, mas cujo marido tinha perdido tudo nas corridas de cavalo e agora tinha inveja dos cunhados ricos.

Naquele tempo não havia *walkman*, e Celso se afastava assobiando alguma canção do Nico Fidenco, dava volta ao quarteirão e, em vez de ir dormir, voltava sozinho ao Gonzaga, desta vez a pé e pelas ruas de trás, passando pela rua do canal, ladeada de chapéus-de-sol que ele e Laura conheciam tão bem durante o dia, estas árvores tão santistas que facilitavam com sombras generosas a volta da praia dos banhistas na hora do almoço. Mas perto de meia-noite havia pouca gente a pé, aliás poucos carros também, só algumas bicicletas, alguns casais andando abraçados ou encostados nos muros, aproveitando o escurinho e as sombras das árvores para uns amassos sacanas. Celso não perdia nada, curioso, olhando disfarçadamente as calças dos homens, quase sempre bem inchadas do lado esquerdo, no lugar do pau duro depois do beijo de língua na mulata bunduda e peituda. Já era a preparação para o passeio noturno na praia; algumas vezes, Celso sentia seu próprio sexo reagir com aquele líquido que manchava a cueca...

Chegando à avenida da praia, ele decidia se já era hora de descer à areia ou se ainda era cedo; tudo dependia do calor, da fase da Lua, do dia da semana, do erotismo do ambiente, enfim, da sorte. Se fosse cedo, dava tempo para outro sorvete, um chope, um guaraná, um mate, um café.

Naquela noite, por exemplo, muita gente ainda circulava pelo Gonzaga; o Café Atlântico ainda estava cheio – cheio de homens, claro, pois já era tarde, mesmo para uma noite de verão, e àquela altura todas as moças de família já estavam em casa. Algumas putas que riam alto, uma loira estrangeira, um casalzinho do interior, desses que se hospedavam naquelas pensões da segunda ou terceira quadra da praia e que, depois do cinema, vinham tomar o melhor café servido em Santos naquele lugar chique, afinal o Hotel Atlântico era quase tão importante quanto o Hotel Balneário.

Era preciso fazer hora e Celso adorava aquele bar de sua infância, com seus azulejos pintados à mão em tons de ocre, aquele cheirinho bom de café expresso, as pessoas perfumadas de Lancaster e Pino Silvestre, perfumes comprados nas butiques de contrabando das ruas de trás. Durante o dia, havia também o cheiro de praia; na verdade, cheiro de Rayito de Sol, bronzeador argentino também comprado de contrabando. O lugar estava cheio de boas lembranças, de quando as férias eram ainda em família, passadas no Hotel Bongiovanni com papai e mamãe, ou no apartamento do tio na ilha Porchat – até que Santos saísse de moda, que as folgas do pai se reduzissem por causa do grande sucesso do seu restaurante italiano, cada membro da família tirando férias do seu lado. Isso se acentuou depois do ano de estudos que Celso fez numa *high school* americana por intermédio do American Field Service – sua primeira libertação do jugo familiar. Depois houve sua entrada na faculdade, uma segunda libertação, esta pelo menos intelectual e, finalmente, a compra do seu primeiro carro, símbolo evidente de uma independência tão almejada.

Já vemos que a liberdade podia ser de vários tipos:

- ❖ Liberdade da família: esta começava com um quarto próprio – Celso conseguira se apropriar de um que havia em cima da garagem da casa; depois, poder passar as férias sozinho; mais tarde, ter um carro e, quem sabe, dividir um apartamento (fazer uma "república") com colegas da faculdade.

❖ Liberdade de expressão: poder dizer o que bem entender à mesa, na faculdade, nas reuniões estudantis, ter cabelo comprido e se vestir como *hippie*...

❖ Liberdade política: esta, na época, era a mais difícil de obter, com a ditadura militar presente. Quanto a Celso, além de haver participado de algumas passeatas e ter dado uma força às peças censuradas, pouco sentiu a repressão.

❖ Liberdade sexual: a famosa liberdade sexual européia ou americana só existia na literatura; o brasileiro adorava trepar, mas, na prática, além das punhetas, das putas e dos veados, havia o sexo sem risco (de engravidar): feito nas coxas e na bundinha...

❖ Liberdade econômica: aquela que, sejamos claros, dava condições de se exprimir a todas as outras.

Como queríamos demonstrar, CQD, a liberdade sexual estava ligada à econômica, o que nos traz de volta ao carro.

Era a época da explosão da indústria automobilística e ninguém se preocupava muito com o preço da gasolina. A "caça", ou "pegação", existia por toda a parte; em São Paulo, sobretudo no "centrão", na rua Augusta ou ao redor do Parque Trianon. A ronda *gay* ou "entendida", ainda que meio enrustida, durava a noite toda, verão e inverno. Celso conhecia muito bem a cena da Zona Sul. Na verdade, até se aventurava pela Zona Norte (que, para ele, era tudo o que passasse do Vale do Anhangabaú) com seu Renault Gordini incrementado. Porém, sair à caça no meio do Gonzaga de carro, ele achava mais arriscado; alguém poderia reconhecer facilmente o carro e contar a Laura.

Mas por que esconder, por que viver enrustido? Que pergunta para a época! Ele tinha certeza de que a vida "entendida" era uma simples fase, coisa de garotão, que passaria com o tempo, com o casamento, com a idade... Todo mundo comia todo mundo, não é? Mas em Santos tinha de ser a pé. Além da vantagem de ser menos visível, ele realmente gostava da sensação da caminhada noturna, de poder misturar-se com os garçons, cozinheiros, empregados e estudantes que voltavam para casa a pé ou de ônibus, do fato de ser caçado por ele mesmo, não por causa do seu carro.

O circuito motorizado, aquele que os paulistanos chamavam "autorama" porque o assimilavam ao circuito motorizado do Parque Trianon, consistia nas múltiplas idas à Ponta da Praia pela avenida Beira-Mar, entrando pelo Gonzaga e fazendo o balão ao redor do monumento da Praça da Independência, às vezes esticando pelo outro lado, até a entrada de São Vicente, e voltando até achar uma companhia para a noite. Muitas vezes, isso durava até o amanhecer, tanto para os pedestres como para os motoristas, sobretudo aos sábados e vésperas de feriado.

Celso, tomando seu cafezinho, fez um apanhado mental do ritual "pegação", que ele pensava ter descoberto sozinho. Primeiro, havia o contato visual, era a parte que se passava nas andanças pela avenida iluminada. Os motoristas faziam uma visão do conjunto, da idade, da postura, do corpo, da cara, da roupa, do jeito da pessoa cobiçada. Os pedestres, ao contrário, só podiam ter uma vaga idéia do conjunto; em compensação, podiam detectar o status ou a classe social do interessado pelo carro. Ah, como a indústria automobilística brasileira dos anos 60 influiu nos costumes sexuais de toda uma geração! Enfim, a abordagem tomava um tempo enorme, mas, naquela época, quem tinha pressa? E quem tinha a mínima preocupação com a poluição, com a ecologia, com o desenvolvimento sustentável?

O motorista-caçador dava a volta na primeira ilha disponível e retornava pelo lado oposto, mais propício a uma boa visão da caça, de frente. Quando se cruzavam, os olhos já diziam tudo. Em caso afirmativo, o carro estacionava alguns metros adiante, o pedestre dava meia-volta e caminhava tranqüilamente; o motorista, com um sorriso maroto, oferecia uma carona e o jogo estava armado; lá iam eles em busca de um lugar tranqüilo, e em geral acabavam transando dentro do carro, às vezes na própria avenida Beira-Mar, lá pelos lados de São Vicente ou da Ponta da Praia. Mas isso era extremamente raro, era "tesão à primeira vista", e na realidade ambos preferiam prolongar o prazer da caça, com suas múltiplas variantes, por medo, orgulho ou espírito de competição. Um resumo dessas variações:

- O motorista demora a voltar.
- O pedestre recusa o olhar do motorista.
- O motorista mal olha o pedestre, mas pára o carro adiante.
- Ambos fingem olhar outros carros ou outros pedestres durante a passagem.
- Quando abordado, o pedestre diz que prefere continuar a pé, mas pára na quadra seguinte.
- O passante entra no carro; entretanto, só fala na namorada que deixou em casa, no jogo de futebol, nos amigos que vai encontrar mais tarde no bar das putas do cais.
- Ambos se recusam visual ou verbalmente, para se reunir algumas horas mais tarde, quando caça e caçadores ficam cansados de tanto jogo...

É claro que a caçada podia acontecer entre dois interessados de carro ou entre dois pedestres, seja na avenida da praia ou na areia; algumas vezes um motorista estacionado transformava-se em pedestre; outras vezes, um deles decidia passar horas sentado num banco, seja voltado para o mar, seja voltado para a rua. Um lugar predileto era o ponto de ônibus, que supostamente eliminava todas as suspeitas da caçada. O medo de ser descoberto não era apenas social. Os milicos eram francamente antitransa, anti*gay*, TFP (Tradição, Família e Propriedade). A polícia, fosse qual fosse, era todo-poderosa e corrupta, e fazia o possível para tirar partido de uma situação embaraçosa.

Celso estava cansado de saber disso tudo, mas a verdade é que ele, naquela noite, sentia-se mais à vontade e mais excitado caçando e sendo caçado a pé, e queria sobretudo colocar os pés naquela areia dura, perto do mar. Preferia deixar a caça de carro para São Paulo, onde fazia mais frio, a paisagem era menos interessante, era mais perigoso, ele tinha menos tempo... Enquanto tudo isso lhe passava pela cabeça, no Café Atlântico já tinham começado a limpeza do balcão e do piso, a sorveteria estava quase vazia, o vendedor de cachorro-quente do outro lado estava baixando a porta e fazendo um barulhão metálico, tirando Celso dos seus pensamentos e forçando-o a agir. A fonte do Gonzaga tinha parado de esguichar água iluminada, e os carros que restavam na rua, sempre os mesmos, já tinham começado o "circuito pegação". Ele se dirigiu à praia, não pela Ana Costa, a avenida do bonde, mas pela rua de trás, aquela cheia de lojinhas de contrabando, pois isso fazia parte do seu ritual próprio – algumas vezes, até encontros ele tivera por lá. E começou o longo passeio pela avenida da praia, debaixo dos coqueiros, observando tanto os motoristas quanto as pessoas que já se movimentavam lá na areia, próximas à Beira-Mar.

Felizmente ele enxergava bem de longe. Boa visão era essencial, pois o pessoal tinha a mania de usar roupas escuras quando ia passear na praia... Só dava para ver quando se chegava perto, ou quando havia o contraste entre a roupa escura e a espuma das ondas. Às vezes, pensava-se que era uma pessoa e na realidade era um casal, geralmente dois homens, pois a essas horas mesmo as empregadas e os namorados já tinham ido dormir... Havia muitos garçons, serventes, alguns estudantes, poucos turistas; pegação na praia era coisa de profissional, de gente experimentada!

E a polícia? Nunca aparecia quando necessário. Lógico, só dava as caras para "empatar foda"; chegava de mansinho, de bicicleta ou de carro com a luz apagada, só para "encher o saco dos veados". Quase sempre não dava em nada além de um grande susto e da inevitável gorjeta aos guardas; não muita grana, só para o cigarro, algumas vezes um relógio, um par de óculos ou um blusão bacana de alguma bicha rica descuidada...

Mas Celso ficava de olho, não era besta, conhecia bem os pontos de entrada dos carros da polícia. Quanto à abordagem, sabia de longe quem vinha passando lá no areão, se moço ou velho, se "entendido" ou "pivete", se santista ou turista, se ativo ou passivo, se queria transar ou passar maconha, enfim, todo o catálogo do possível, pelo jeito de andar, de virar a cabeça, de acender o cigarro.

Naquela noite, ah, naquela noite...

A figura que olhou de longe lembrava alguém que ele vira tomando café no Atlântico. Foi chegando perto, havia outro candidato nas paragens, um gordo chato de bermuda e com óculos, cara de professor primário. Celso já o conhecia, ele não se mancava, rodeava, queria tirar uma lasquinha logo que um casal se formava, mas pelo menos servia para ficar de olho na polícia e avisar, caso ela decidisse aparecer para encher o saco.

— Você tem fogo? – perguntou a figura.

— Tenho que procurar na calça – respondeu Celso.

A figura sorriu. Celso já gostou, porque havia entendido a alusão sexual. Ele sempre carregava uma caixa de fósforos no bolso nas noites de pegação, mesmo sem fumar; aliás, naquela época, ele ainda nem havia experimentado maconha! Deu certo; acendeu o cigarro do outro, gostou do rosto santista bem moreno, cabelo preto liso, barba cerrada bem-feita. Deviam ter a mesma idade, mas Celso sentiu-se muito mais jovem; o moreno tinha um ar de bom aluno, corpinho pequeno mas atlético (devia jogar futebol), um cheirinho de limpo, de sabonete ou de Água Velva, e, detalhe importante, aliança no dedo: estava oficialmente noivo.

— Passeando, né? – o outro fez a pergunta clássica da abordagem.

— É, eu estava sem sono; levei a namorada pra casa e resolvi dar uma volta na praia – respondeu Celso sem primar pela originalidade. – A noite está abafada...

— Que nem eu. Um saco ter que dormir cedo nas férias.

— Como você se chama?

— Meu nome é Luís Sérgio, Luís Sérgio Paixão – e estendeu a mão.

Na hora em que se tocaram, Celso ficou de pau duro: tesão ao primeiro toque. O sorriso Colgate no rosto bronzeado de Luís Sérgio deixou claro que eles precisavam trepar, e rápido. Mas como chegar lá sem saltar as etapas do inevitável ritual? Teriam de falar das besteiras de sempre, de Santos, de São Paulo, dos estudos, das namoradas, das férias, andar por sabe-se lá quantos canais, pela praia, pelos jardins, pela rua, tentar achar um lugar tranqüilo, acertar os ponteiros sobre quem faz o quê. Tudo isso levava muito tempo; porém, era essencial naquela época em que o tempo não contava. Eles não eram veados nem bichas, claro que não. Na melhor das hipóteses, eram "entendidos". Veados eram os outros que andavam pela praia, em especial o professor-vigia gordinho de bermuda, ou aquele outro que vinha chegando, com o cabelo acintosamente pintado de loiro; mas eles, Celso e Luís Sérgio, não, nada disso! Era paixão, isso sim, paixão das grandes, que já estava molhando a cueca dos dois, pois a coisa, ele tinha certeza, era mútua.

Começaram o passeio ritual de sempre, andando perto do mar, desviando-se dos eventuais casais que ainda procuravam um lugarzinho abrigado da vista dos passantes, fugindo da caça das bichas pegajosas que não se mancavam e insistiam; sobretudo, um tentando saber mais sobre o outro, interesses e fantasmas perdidos na noite. As perguntas e as respostas se sucediam... Você mora longe? Não, aqui no Gonzaga. E você? Em São Paulo. Você estuda? Estudo. O quê? Arquitetura. E você? Engenharia. Tem namorada? Tenho. E você? Estou noivo. Vai se casar? Ano que vem. E você? Não sei ainda...

Mas essa conversa boba era entrelaçada de olhares e sorrisos, algumas vezes as mãos se tocavam, assim, acidentalmente, como se nada fosse, e a tensão (tesão) aumentava a cada passo. Quando chegaram ao canal, Celso sugeriu que começassem a voltar para casa; ele sabia que poderia levar Luís Sérgio pelo menos até a garagem da casa, as tias já estavam no segundo ou terceiro sono.

Voltaram pela rua do canal, cheia de chapéus-de-sol, aquela rua que Celso percorrera havia pouco, rua da sua infância, da volta da praia com os pais. Chegaram quase sem se dar conta, pelo menos Celso, de que estavam num estado de excitação fora do normal.. Pararam no portão e ele pensou rápido: ninguém na rua, temos de entrar depressa. Entraram. Celso abriu a porta da garagem com cuidado, não acendeu a luz, pegou Luís Sérgio pela mão e guiou-o até a parede do fundo. Havia um cheiro, misto de gasolina e comida, pois a garagem servia também de depósito de latarias, caixas de mantimentos, enfim, daquilo tudo que as tias, não tendo carro, estocavam por ali. Bem a propósito, havia também um velho sofá, que servia de cama para o gato da casa, Bruno, que seguramente já tinha se colocado debaixo do carro ao sentir a presença dos intrusos no seu dormitório. Celso indicou o sofá ao jovem e se acomodaram.

— Não tem grilo? – perguntou Luís Sérgio, por precaução.

— Fique frio – respondeu Celso. – Minhas tias têm sono pesado. Mas não vamos falar alto. Você não está com calor depois de andar tanto? A noite está quente, vamos tirar a roupa?

Agora, já acostumados à penumbra, sorriram com malícia; a primeira parte do jogo estava terminando, tudo começava a entrar numa outra esfera, os olhares, os gestos, a respiração acelerada indicando a mudança. De repente, estavam nus, enlaçados, tentando usar o velho sofá em toda sua receptividade, tentando colar cada pedaço do corpo de um ao corpo do outro, corpos semelhantes, porém muito melhores quando juntos, nas descobertas do prazer.

De repente, Luís Sérgio segurou o rosto de Celso, olhou-o intensamente nos olhos e depois na boca, antes de começar um longo beijo de língua, daqueles de filme francês! Celso tentou resistir, mas acabou retribuindo, com violência. Apesar de sua longa experiência com o mesmo sexo, ele nunca havia beijado outro homem; era seu último reduto de "normalidade". Trepar, tudo bem, mas beijar, isso era coisa de veado. Luís Sérgio não se deu conta do evento. Terminado o beijo, voltou a segurar o rosto de Celso, olhou-o bem nos olhos e disse:

— Daqui pra frente tudo é fácil, não é?

— Sei lá, acho que é.

Na verdade, era tudo novo para Celso; aquele beijo foi um acontecimento. O sexo que se seguiu foi excelente, mas acima de tudo diferente, não na forma, no significado. Sexo com homens existia há muito tempo, desde a infância. Sexo, prazer, proibição, pecado, tudo fora muito experimentado desde cedo. Ele se lembrava de ter confessado ao padre uma masturbação a dois, uma "brincadeirinha de pintinho", já na época da primeira comunhão!

O que mudava, então? Uma perspectiva de vida. Foi um abandono daquela certeza de que tudo "aquilo" passaria um dia, de que ele se casaria, teria filhos e esqueceria aquelas pegações de ruas, parques, cinemas, praias, os pecadinhos noturnos, depois de levar a namorada para casa... Naquela noite de pegação de praia, tudo mudou para sempre.

Tudo por causa daquele beijo de paixão!

3

CONVERSA DE AVIÃO

Em vôo, final dos anos 90

Avião lotado, o embarque tinha sido retardado; as pessoas estavam nervosas, cansadas, e Alex não era exceção. Ocupou seu lugar do lado da janela, ajustou o cinto, abriu logo uma revista para não ter de falar com o passageiro do corredor, que certamente embarcaria mais tarde.

Sem conseguir ler nada, ficou olhando lá fora, o abastecimento ou qualquer coisa do gênero; porém, também não era isso que iria distraí-lo; estava confuso, como sempre acontecia naquelas idas e vindas dos últimos anos. Quantos anos, aliás? Mais de vinte! Brasil, Estados Unidos, França, como dizia sua mãe, "que coisa, parece cigano ou diplomata, você não tem parada, Alex?".

— Desculpe, acho que o meu cinto está do seu lado.

A senhora de aparência simplória que viajaria ao seu lado tinha acabado de sentar-se e evidentemente queria bater papo. Alex deu-lhe o cinto sorrindo, foi muito simpático, mas logo voltou a fingir que estava lendo.

E pensar que antes, nas suas primeiras viagens, ele se apresentava ao passageiro do lado, mudava de lugar para ser gentil, dava conselhos aos marinheiros de primeira viagem que queriam saber aonde ir, que lugares visitar, como economizar. Ah, aquela solidariedade de brasileiro no exterior, aquela falsa amizade entre o turista e o habitante, aquela vontade de dar um jeitinho, de facilitar a vida do outro em terra estrangeira, tudo aquilo já tinha acabado havia anos, pela repetição das mesmas cenas dezenas de vezes, pela inutilidade da coisa em si, pois afinal todo o mundo acabava tendo de fazer as mesmas besteiras. O aprendizado de uma viagem passa inevitavelmente por uma série de choques, de surpresas mais ou menos agradáveis que acabam por se transformar na essência desses múltiplos traslados mundiais que não paramos de fazer e que chamamos de turismo.

— O senhor sabe que horas são em Paris? Eu queria acertar o relógio, me falaram que é melhor para diminuir o fuso horário na chegada... – Sua companheira de viagem tinha vontade de falar.

— O comandante vai anunciar logo que levantarmos vôo, não se preocupe. – Alex continuava sorrindo, falsamente gentil. E voltou a fingir a leitura.

Altamente gregário, não suportando a solidão das longas viagens, quantas vezes Alex havia utilizado a mesma tática de abordagem, perguntando sobre a hora, o tempo, comentando a comida, o vôo, o lugar da saída ou da chegada, o filme que estava passando. Sentia-se culpado, quase maldoso por não aceitar o pedido de conversa da vizinha. Será que era porque ela lhe parecera uma pessoa simples, meio brega? Que atitude mais incorreta! Politicamente incorreta!

Tudo era culpa da massificação das viagens. Mas que pensamento mais careta, Alex. E ele, não havia passado por isso? Aliás, quem não passou, um dia? Fosse há dez ou vinte anos, fosse em avião, trem ou barco, quem não sentiu a necessidade de falar, de comentar, de tentar estabelecer algum contato para diminuir o medo do desconhecido, para dividir um pouco uma nova emoção?

Quando a aeromoça passou oferecendo champanhe e suco de laranja, Alex, meio culpado, resolveu fazer média e levantou sua taça para a vizinha.

— Boa viagem, lá vamos nós.

Ela sorriu – Para o senhor também –, tomando um pouquinho de suco. Seu sorriso fez Alex pensar na mãe, na tia, até na empregada, que nunca deixaram de enfiar caixas de doce de leite e de goiabada na sua mala "para comer com os amigos chegando lá e lembrar de nós".

O avião chegou ao final da pista, virou, começou aquela corrida para alcançar a boa velocidade, o barulho aumentou, subitamente descolou-se do solo e começou a subir. A visão da periferia feia e pobre foi se afastando e de repente só restaram as luzes, de repente tudo começou a refletir-se no mar, tudo ficou bonito e mágico, uma música conhecida tocava baixinho "... da janela vê-se o Corcovado, o Redentor, que lindo...", parecia de propósito, não era o Cristo lá embaixo? Mesmo que não fosse, Alex o via. Ainda bem que haviam apagado as luzes dentro do avião – seus olhos estavam marejados.

"Por que é que eu tive de partir? Tudo começou com a primeira saída! Que coisa mais maluca me empurrou para fora do país onde conheço tudo e todos, a língua, os hábitos, os jeitinhos?" Se sua primeira saída tinha sido provocada por uma bolsa de estudos, as outras foram feitas com muita luta, muitas cartas para cima e para baixo, idas e vindas pelos consulados, pelas embaixadas, escolas, universidades. Teve de enfrentar a barreira da família possessiva, da renovação dos vistos, do dinheiro curto e dos trabalhos mal remunerados, da diferença da língua e dos costumes. Alex tinha consciência do esforço feito. É tanto esforço, são tantas barreiras a suplantar que a maioria dos candidatos a uma vida no exterior desiste antes de sair. Outros voltam após um ano, de cabeça baixa, dizendo que mais vale ser rei no próprio país que qualquer um lá fora. Mas Alex passou por todos aqueles testes de coragem e foi ficando fora da pátria, primeiro estudando, depois trabalhando, mudando de cidade, de país, de trabalho. E o tempo foi passando, passando, as pessoas e os lugares se transformando, e ele também. Quem era hoje? Essa dúvida trazia lágrimas aos seus olhos, ele não conseguia respostas. Mas para que perguntar, precisamente?

— O senhor está indo ou voltando? – A pergunta tinha sido muito bem colocada pela companheira de bordo, agora que as luzes do avião estavam acesas de novo.

— Estou indo, quer dizer, estou voltando. Eu já morei em Paris, mas fui passar uns tempos nos Estados Unidos.

—Ah, então o senhor já está acostumado, não é? Que sorte, eu não me acostumo nunca, e olhe que já moro na França há mais de vinte anos, mas é por causa do meu trabalho. Fui ao Rio só para visitar minha filha, que mora por lá.

Alex percebeu que sua vizinha era portuguesa. Era realmente uma história simples, corriqueira: uma família portuguesa que deixara o Porto para trabalhar em Paris, o marido como operário, a esposa como zeladora de prédio, a filha como empregada doméstica, o filho ainda ia à escola. Já tinham construído uma casa num subúrbio de Paris, outra no Porto para as férias e a aposentadoria. A filha havia casado com um brasileiro, morava no Rio. Passavam todos os anos as férias de verão em Portugal, mas este ano ela tinha vindo visitar a filha e o neto recém-nascido no Brasil.

Ah, se a história de Alex pudesse ser resumida tão simplesmente! "A imigração é tão mais fácil de explicar e de aceitar quando é provocada somente por razões financeiras; tudo fica tão mais simples", pensava ele. Porém, é claro que nada disse à vizinha, apenas deixou-a falar. Desligou-se dos detalhes contados pela portuguesa, continuou ruminando a própria vida.

Lembrou-se dos primeiros anos de vida de estudante bolsista, das festas entre estrangeiros, das descobertas do país que o maravilhava, das coisas que pareciam ser mais práticas, mais bonitas, coisas do Primeiro Mundo. Logo em seguida, veio a fase da caída na realidade, tudo não era nem melhor, nem mais bonito, nem mais funcional. Foi descobrindo que no Primeiro Mundo havia roubo, malandragem, pobreza, falavam até que tinha virado Quarto Mundo, e era verdade, em parte. Começou a descobrir mendigos no metrô, filas nas administrações, sem contar o racismo crescente, coisa que nunca sentira na pele. Em resumo, em dois ou três anos, havia caído na realidade.

A realidade tornou-se mais forte quando entrou na vida ativa, fora daquele grande ventre chamado universidade. Teve de trabalhar muito mais duro que qualquer autóctone para poder se afirmar. Conseguiu, fez carreira, tornou-se uma referência no seu campo de trabalho – "ufa, com quanto esforço!". A partir daí, começou a aproveitar aquilo que havia de bom naquela estrutura tão segura, tão certinha da vida francesa, entrou no sistema de sola, com tudo. Casou, comprou casa, descasou, mudou de trabalho, teve amantes, voltou a fumar maconha, brincou com a sexualidade, fez de tudo a que tinha direito. Será que não poderia ter feito tudo aquilo no Brasil?

Foi aí que bateu a saudade e resolveu voltar, após tantos anos de vida na França.

A volta ao Brasil foi uma delícia no começo, tudo e todos aos seus pés. Ótimo trabalho, prestígio, convites abundantes para todo o tipo de vida social. Isso deve ter durado uns seis meses. Segundo seus amigos que também tinham voltado, foi até demais, em geral durava três. Perdeu o trabalho, teve de contentar-se com pequenos contratos de consultoria de baixo nível, os novos amigos desapareceram, assim como os convites, e voltou a uma vida sem brilho. Todo aquele fogo de palha do retorno havia esmorecido, ele já não era mais novidade no pedaço, que pena!

— E o senhor, nunca teve vontade de voltar ao Brasil? É tão bom morar lá.

Alex foi obrigado a começar a prestar atenção ao que dizia sua vizinha, pois aquilo era uma pergunta.

Mas o que responder, além das banalidades de sempre? Não valia a pena contar todas as suas dúvidas, reservas, tudo era tão pessoal e, além disso, ele poderia destruir a imagem idílica que a mãe portuguesa tinha construído, com a ajuda da filha e do neto; por que fazer essa maldade? Respondeu que ela tinha razão, que o país era magnífico, as pessoas incríveis, mas que o seu trabalho estava lá fora, etcétera e tal. Sua companheira de viagem ficou contente e aproveitou para descrever todos os lugares que tinha visitado com a filha. Alex continuou divagando.

A não-adaptação ao Brasil fora mais terrível que os problemas de adaptação à França. Pela primeira vez, teve de procurar uma terapia de apoio, mas não foi fácil; a problemática do choque cultural não pode ser tratada por pessoas que não viveram coisas similares. Depois de muita busca, conseguiu um psiquiatra argentino, filho de italianos, que havia estudado na

França e que viera trabalhar no Rio. Foi sua salvação. Acabou decidindo-se, depois de um ano e meio, a começar a mexer os pauzinhos para voltar a sair do país; porém, viu que já não era tão fácil. Optou por uma volta triangular: conseguiu um contrato com uma firma americana que precisava de funcionários internacionais para mais tarde enviá-los à França, sem garantia nenhuma; mas Alex tinha confiança na sua estrela e um pouco no seu talento.

A manobra deu certo; seu estágio nos Estados Unidos tinha valido a pena, pois estava voltando, e em ótimas condições, para Paris. Mas a que preço! Dois anos tendo de viver numa cidadezinha minúscula, retrógrada, feia, e ainda por cima no cinturão da neve, próxima aos Grandes Lagos. Sem contar com outra adaptação, desta vez à cultura americana.

— E dos Estados Unidos, o senhor gostou?

A nova pergunta da vizinha de poltrona necessitava de alguma resposta, mas agora era fácil, ele podia dizer a verdade.

Bastava lembrar-se do frio que durava oito meses, com três meses tentando esquentar para chegar finalmente um calor horroroso e úmido, digno do Amazonas (que ele nem conhecia, só imaginava). Bastava lembrar-se daquela cultura homogênea, do mesmo jeito de se vestir, das comidas com o mesmo gosto, da mesma televisão por toda a parte, da mesma maneira de pensar, sempre superficial e boboca, sempre positiva.

Ao descrever aqueles estereótipos americanos, Alex começou a perceber o ridículo de seu relato. Tudo aquilo que dizia não passava de reação aos aspectos negativos do que tinha visto; além do mais, estava tão longe de qualquer verdade intrínseca sobre a América! Imediatamente, vieram-lhe *flashes* de pessoas, de lugares e de situações que nada tinham a ver com sua descrição folhetinesca. Mais que isso, voltou a sentir todas aquelas características tipicamente americanas de ingenuidade, de crença quase religiosa no bem e no bom, na alegria, no sucesso e, finalmente, naquela visão positiva da vida. Teve vergonha do que estava dizendo, então resolveu lançar uma daquelas perguntas que deveriam ocupar o tempo de palavra da portuguesa.

— E a senhora, não sentiu falta de ir a Portugal este ano?

Enquanto ela falava das maravilhas do seu país natal, Alex pôde continuar a explorar seus sentimentos sobre os efeitos do seu último choque cultural, desta vez com a cultura americana. Sentia claramente, e isso graças ao massacre verbal que acabara de fazer, que voltaria à França com outra maneira de ver o mundo e sobretudo de se ver. Quem era ele para julgar os outros assim, de maneira tão drástica, tão professoral, tão cruel? Não era nem político, nem professor, que direito tinha de fazê-lo... aliás, mesmo que fosse??!!

A passageira do lado provavelmente compreendera que seu vizinho estava perdido em pensamentos, ou com vontade de dormir; ou ela estava simplesmente cansada, pois havia puxado um cobertor e fechado os olhos. Alex fez o mesmo; porém, não conseguia dormir. Pediu um copo d'água e tomou um comprimido de melatonina, isso deveria ajudá-lo a relaxar. Abriu a mini tela de televisão, mas não colocou o fone de ouvido, deixou que as imagens desfilassem, sem prestar atenção. Passou aos poucos da visão externa à visão interna, tendo um sonho após outro, cada um mais real que o precedente.

O avião transformou-se num daqueles grandes ônibus de turismo, produto das longas viagens que Alex fizera com o Expresso Brasileiro ou a Viação Cometa no Brasil e com o Greyhound nos Estados Unidos, com paisagens fantasistas desfilando pela janela, misturando a neve dos Alpes com as praias baianas cheias de coqueiros, as folhas de um outono canadense com as flores da Toscana. De repente, o ônibus tornou-se um trem do tipo Orient Express, e em um compartimento havia dois estudantes viajando com Eurailpass, fumando maconha e bebendo cerveja, sendo criticados por um casal inglês muito esnobe e ele, Alex, sem saber com quem falar. E um outro personagem entra no trem: um hindu de turbante, que era um empregado, pois o compartimento havia se transformado numa grande e luxuosa cabine de navio, com uma dúzia de pessoas tomando Asti espumante, cena que ele, de menino, havia presenciado nos anos 60, quando os pais partiam, do cais de Santos, embarcando para a Europa, fazendo o bota-fora em algum navio italiano da linha "C". Aí o sonho embaralhou as cartas, as pessoas desconhecidas tornaram-se conhecidas, os mortos voltaram a ser vivos, havia avós, tios e primas, apareceu a ex-esposa criticando, o ex-patrão dando bronca e até desenrolou-se uma cena erótica num banheiro, o sonho tornou-se francamente junguiano, com pinceladas freudianas.

— O senhor vai querer café ou chá?

Acordou com a voz da aeromoça fazendo a pergunta clássica do serviço de bordo da chegada. Havia uma pequena toalha úmida ainda morna na sua mesinha, que serviu para que Alex pudesse molhar o rosto e sair do torpor daqueles sonhos tão realistas criados pela melatonina. Já estava clareando lá fora.

— O senhor descansou bem? Eu durmo muito pouco em avião.

A tentativa de conversa matutina da sua vizinha não surtiu efeito. Alex continuou tomando café e não deu corda; deixou-a falar sem resposta, mantendo um sorriso diplomático. Olhou para fora. Havia aquele mar imenso e brilhante com um sol nascente, um Atlântico norte em todo seu esplendor, sem nenhuma diferença visível em relação ao Atlântico sul, ao Mediterrâneo, ou ao Pacífico, para dizer a verdade. Mar é mar, como dizia seu grande amigo Davi, Deus o tivesse em bom lugar. "Como sempre, a Natureza faz as coisas sem noção de economia", pensou. "Quanto mar, quanta onda, quanta água, quanta areia, quantas nuvens, quantas árvores, quantas folhas numa árvore, quanta gente, quantas células, quanta energia vibrando! Visto aqui de cima, o mundo fica ainda maior, as pessoas mais insignificantes, mais formiguinhas ainda do que já somos." Fechou os olhos e deixou-se invadir por aquela sensação de impotência que só lhe acontecia ao voar. O avião podia cair, explodir, mudar de rumo, e ele não teria absolutamente nada a fazer. Não era muito diferente das coisas que acontecem na vida, ele sabia; porém, na terra a gente tem a falsa sensação de poder agir, alterar, controlar. "Ainda bem que essa ilusão ainda existe lá embaixo, para o bem da humanidade", pensou ele.

— Está na hora, acho que estamos descendo.

O comentário da passageira do lado precedeu o aviso do piloto. Já se podiam distinguir os arredores de Paris. Alex olhava e só via os tetos cobertos de neve, brilhando ao sol da manhã. Seu corpo ainda quente do sol do Brasil não conseguia sentir o frio que estava por detrás daquela paisagem bonita. A distância não lhe permitia ver a rua suja, a poluição, as pessoas distantes ou mal-humoradas pelos reveses da luta diária. Lá do alto, tudo estava como deveria estar numa típica paisagem de inverno europeu, civilizada, limpa e ordenada, esperando sua chegada, bendizendo sua volta.

— *Soyez les bienvenus à Paris-Roissy* – desejou-lhes o comissário pelo alto-falante. E, completando as boas-vindas, colocou *La vie en rose* como música de fundo.

Olhando a paisagem, Alex teve um *flashback*, voltando a imaginar por alguns instantes sua partida do Rio, a baía lá embaixo, o Corcovado, a bossa-nova tocando. E foi colocando tudo lado a lado: as duas músicas, as duas paisagens, os dois tipos de gente. Que diferença?

— Mas para o senhor, que é tão viajado, afinal, qual é o melhor lugar para se viver, qual país o senhor prefere?" – perguntou sua companheira de vôo, enquanto tentava preencher um daqueles formulários de alfândega.

"Pronto, a pergunta não podia deixar de ser feita, nunca falha; mais cedo ou mais tarde ela chega, aqui, ali ou acolá. Como se fosse possível escolher, como se essa escolha fosse baseada em algum critério racional ou universal." Alex poderia ter usado sua resposta pronta, gentil, diplomática, mas naquele dia, naquele momento, ele não estava para fazer média, como faria numa conversa de salão. Colocou os óculos escuros para disfarçar as lágrimas, deu mais uma olhada pela janela e disse:

— Sabe, minha senhora, depois de tanto tempo indo de um lado para outro, nunca consegui decidir. Para lhe dizer a verdade, já nem consigo mais entender essa pergunta. Um lugar é certamente melhor que outro, mas isso vale, claro, para uma pessoa, de uma certa idade, num certo momento de sua vida. Alguns anos ou alguns dias mais tarde e tudo pode mudar, a pessoa pode passar por uma transformação, os outros podem trocar de opinião, alguma coisa pode acontecer ou deixar de acontecer, e pronto. Aquele lugar ideal, de repente se torna o pior do mundo, e aí vem a verdadeira pergunta: o que fazer? Minha resposta sempre foi mudar de lugar. Acho que a senhora entende, porque já fez isso pelo menos uma vez. Só que eu fiz isso tantas vezes que já perdi a conta. Algumas vezes, deu certo; outras, não. Não tenho a mínima idéia se eu teria sido mais ou menos feliz se nunca tivesse saído do meu país; só sei que não seria a mesma pessoa. Hoje, não tenho mais raízes; elas já se perderam há algum tempo, num desses vôos que atravessam o oceano, elas se transformaram em raízes aéreas, ficaram assim, soltas pelo ar.

Alex teve certeza de que sua vizinha não havia compreendido mais do que as primeiras palavras do seu discurso; ela estava muito mais preocupada em preencher os formulários antes que o avião pousasse. A conversa terminou com o barulho do trem de pouso baixando.

4
A PROPÓSITO DE EMOÇÕES

Pompéia, maio de 2082

O dia estava deslumbrante, céu azul, muito sol lá em cima de algumas nuvens que ainda se viam lá embaixo. São Paulo ia ficando cada vez menor vista de cima.

As partidas sempre pareciam novidade para Mônica. Desde pequena, pedia para sentar-se à janelinha e nunca conseguia dormir, fascinada pelo que se passava lá fora, de noite ou de dia, com chuva ou com sol. Apesar de ter viajado mais do que qualquer aeromoça, a emoção da viagem nunca a abandonara. Além das mudanças de país provocadas pela profissão do pai, fez a maior parte dos estudos fora do Brasil e, antropóloga, passou mais de cinqüenta anos fazendo viagens pelo mundo todo, indo e voltando, com pouco tempo para a família, os filhos, os netos. Agora que estava realmente aposentada, continuava somente dando algumas conferências e cursos de verão, "para não enferrujar a cabeça", como dizia seu primeiro marido; o resto do tempo, passava visitando a família espalhada pelo mundo, seus ex-maridos, seus ex-amantes, seus ex-alunos.

Levantou-se logo que o sinal luminoso apagou, gostava de ser a primeira a utilizar o banheiro, retocar a maquiagem e sobretudo ver a cara dos outros passageiros. Poucos jovens no avião, apenas alguns brilhantes e gostosos cinqüentões, certamente dinâmicos executivos de grandes multinacionais. A grande maioria compunha-se da categoria cada vez mais significativa dos "cidadãos-platina" – os centenários ricos, sucessores sociais dos "cidadãos-ouro" da faixa dos 70 aos 90, que estavam ainda em plena atividade profissional.

No auge dos seus 90 anos muito bem vividos, Mônica sabia perfeitamente que podia se fazer passar pela idade da filha, talvez até da neta. Seu corpo fora muito bem trabalhado pelos melhores cirurgiões plásticos, pela ginástica diária, pelas freqüentes visitas aos salões de beleza, pela dieta saudável desde menina, por uma vida sexual superativa mesmo depois da menopausa, pelas terapias existenciais e em particular por muito, muito banho de loja, sabendo-se que gosto, critério e dinheiro nunca lhe haviam faltado. Homens e mulheres olhavam-na com desejo, inveja ou admiração, sobretudo naquele vôo especialmente fretado pela companhia Pleasure, uma das maiores multinacionais do chamado "turismo excepcional" para uma clientela exclusiva, ou seja, refinada, rica, internacional, *jet-setter* e, quase sempre, bastante esnobe.

O *tailleur* de camurça dourada moldava sem exagero o corpo elegante, o cabelo loiro emoldurava um rosto incrivelmente liso, as poucas jóias faziam brilhar o pescoço, as mãos e até o detalhe da correntinha no tornozelo permitia ressaltar o sapato de pouco salto e melhor apreciar suas longas pernas bronzeadas. Voltando recém-perfumada do banheiro, Mônica já havia descoberto pelo menos três possíveis candidatos a companheiros de viagem, sem contar a simpática morena sentada ao seu lado:

— Usei o seu perfume durante muito tempo, é uma delícia senti-lo de novo, e ele combina com você, é a sua cara!

— Obrigada, só espero não ter exagerado, perfume em avião evapora muito rápido, logo desaparece. Mas também chegaremos logo; são quase quatro horas de viagem, não é?

— Com este avião, sim, mas, com o novo Concorde V, foram menos de três horas a Paris na semana passada. É a primeira vez que você vai a Pompéia?

— Estive lá há mais de cinqüenta anos, foi uma viagem de estudo, muito antes de todos aqueles trabalhos gigantescos que o Fundo do Patrimônio Mundial desenvolveu na cidade. E, sobretudo, antes que a região fosse considerada altamente perigosa.

— Que bobagem toda essa coisa de perigo iminente de erupção vulcânica, você não acha? Para mim, fizeram tudo isso só para valorizar ainda mais lugares como Pompéia, Taormina ou Los Angeles e vender esses pacotes de viagem a preços exorbitantes. Você viu a quantidade de papéis de seguro que tivemos de assinar antes de vir? Há mais de vinte anos que não há terremoto em nenhuma parte, muito menos erupção de vulcão, e eles continuam chamando essas viagens de "turismo do limite", "viagens das emoções radicais", "passeios sem controle de risco" e outras besteiras.

— Não é bem assim, afinal, Los Angeles e Taormina, como nós as conhecemos no começo do século, já desapareceram do mapa, e o que existe agora é tudo reconstruído com um altíssimo nível de proteção. O Vesúvio ainda não entrou em erupção por milagre, os tremores de terra continuam e a região toda foi evacuada há mais de dez anos; o aeroporto de Nápoles só funciona por causa de Capri e Pompéia, porque ambas se transformaram em lugares de "turismo de alto risco", completamente exploradas pela Disneylândia-Universal, você sabe muito bem disso.

— Claro que sei, tenho um filho que é diretor da Universal, e é justamente por isso que lhe digo que não há perigo nenhum, é só publicidade. Saiba que, hoje em dia, o nível de previsão de qualquer incidente sísmico é tão fiável que dá para esvaziar qualquer desses lugares com tempo de sobra, sem contar que os helicópteros ficam continuamente à disposição dos turistas. Enfim, um pouco de perigo existe, basta que a gente ponha o pé na rua ou respire esse ar poluído, mas continuamos todos bem vivos. E, se estamos aqui, é porque a emoção nos interessa muito mais do que antiguidades ou ruínas, não fosse assim, estaríamos as duas visitando tranqüilamente algum museu... – disse a vizinha morena sorrindo, com uma simpatia marota e cúmplice.

Mônica também sorriu, sem estar nada convencida, pois se lembrou claramente do grande terremoto de Los Angeles, aquele que destruiu a cidade e matou milhões de pessoas – as mesmas que se sentiam completamente protegidas por todas as previsões e precauções anti-sísmicas. Lembrou-se ainda de um certo Carnaval do Rio, quando uma revolta popular dizimou centenas de milhares de pessoas num só dia, quase todas turistas, sem que a polícia fosse capaz de proteger a cidade daquele turbilhão humano sem precedente. Será que sua vizinha era burra ou inconsciente? Aproveitou a passagem das bebidas para pegar uma taça de champanhe e se isolar, folheando uma revista de viagens.

Coincidentemente, a revista só tratava daquele novo tipo de turismo extremado, desses lugares que chamavam atenção pelo inusitado e pelo risco inerente: viagens submarinas a grandes profundidades, lugares de altíssima ou baixíssima temperatura, regiões ainda em guerra ou guerrilha, cidades com grande nível de pobreza e violência e, claro, lugares sujeitos a enchentes, terremotos, erupções vulcânicas ou com muita poluição. É lógico que, ao mesmo tempo que exaltavam o radicalismo das viagens, também mostravam as medidas de precaução, de proteção, de salvamento rápido e as equipes médicas à disposição dos turistas. Exibiam altíssimas montanhas pouco escaladas por turistas e o sofisticado equipamento técnico fornecido, salientavam a beleza geográfica do lugar quase inatingível e os meios ultramodernos, com técnicos de toda espécie para fazê-los funcionar, e mostravam, acima de tudo, os incríveis serviços disponíveis para os que podiam pagar por eles, num período de lazer.

Os transportes aéreos tinham progredido tanto que os velhos aviões do século XX só existiam nos museus; Mônica ainda se lembrava da viagem inaugural do Concorde feita pelo pai, da queda de um deles e da parada de fabricação, antes que as novas gerações dos supersônicos fossem banalizadas. Os hotéis luxuosos deram lugar aos alojamentos exclusivos, que tinham a aparência de uma habitação local, fosse ela uma fazenda, uma caverna ou uma tenda; porém, com todo o conforto moderno – limpeza, climatização ou equipamento sanitário de última tecnologia. Comidas e bebidas mantinham somente a aparência, as cores e, algumas vezes, os sabores locais. Na verdade, todos os ingredientes eram escolhidos por nutricionistas, os conteúdos de gordura, açúcar ou temperos eram adaptados a cada pessoa e a cada particularidade dietética; nada era feito ao acaso. A revista ilustrava muito bem tudo isso.

Quanto às distrações, tudo era possível: arte, esporte, sexo, todas as fantasias à disposição de todos os tipos de pessoa, muita variedade e completa liberdade de escolha, para todas as fases da vida.

A arte e a história, por exemplo não se limitavam mais aos museus. A tendência era deixar a arquitetura, a pintura, a escultura se exibirem nas suas origens. Tudo muito bem preservado, claro, porém disponível *in loco*, algumas vezes junto aos seus criadores, que continuavam produzindo. Quanto aos artistas ou aos personagens do passado e às obras já inexistentes, perfeitas simulações virtuais interagiam com os turistas, que se divertiam e se instruíam ao mesmo tempo, vivenciando histórias junto aos seus personagens favoritos, reais ou imaginários, vivendo com eles momentos de intenso realismo, por meio de sofisticados programas de inteligência artificial.

Todos os esportes podiam ser praticados em parceria com imagens virtuais dos maiores atletas mundiais: nadar ao lado de Esther Williams, jogar bola com Pelé, correr na Maratona de Nova York, lutar com Cassius Clay, até poder ganhar de Kasparov em uma partida de xadrez. Ou então dançar com Fred Astaire, cantar em dueto com Maria Callas, dirigir a melhor orquestra sinfônica com Yehudi Menuhin e Nelson Freire como solistas convidados.

Os encontros bem reais entre as pessoas se faziam continuamente naqueles cenários mais que perfeitos, segundo os interesses e os gostos aguçados pela excitação da viagem, desde o seu começo na agência de turismo, prolongando-se nos meios de transporte, nas atividades de grupo, até mesmo nas reuniões de reencontro que se formavam mais tarde. As imagens da revista ilustravam bem as situações maliciosas entre jovens e velhos, brancos e negros, homens e mulheres em trajes de banho, de esporte, de gala, de época, misturando turistas e pessoal de serviço, instrutores, atores e sobretudo o pessoal nativo encontrado.

Como sua vizinha de assento, Mônica fechou os olhos, tentou cochilar um pouco. As imagens da revista fizeram-na rememorar algumas de suas viagens mais recentes. Lembrou-se daquela excursão pelo deserto, feita alguns anos atrás, com grandes cavalgadas ao lado de um Lawrence da Arábia lindo e louro, daquelas noites estreladas e dos banquetes suntuosos nas tendas perfumadas e climatizadas do oásis de Gardhaia, daqueles corpos morenos e fortes que faziam vibrar o seu, muito mais idoso e ainda tão receptivo. E daqueles dias passados no Grand Canyon, no sol ofuscante do alto das montanhas, das escaladas controladas e protegidas, da tranqüilidade quase inquietante do rio lá embaixo, daquele ar puro, daquela ausência total de insetos, daquela música que todas as noites envolvia o pequeno grupo ao lado de uma fogueira em que assavam comidas vindas sabe-se lá de onde, que tinham, porém, o gosto selvagem daqueles filmes de faroeste da sua juventude americana. Ah, e sobretudo daquela ilha selvagem perto da Austrália, onde as pessoas eram colocadas umas muito longe das outras, onde um elaborado jogo de encontros e desencontros ia se produzindo, sempre no limite entre o possível e o impossível, com o conforto sumário de uma cabana de praia aparentemente abandonada, mas que, de repente, pertencia àquele deslumbrante pescador de pérolas que tanto precisava de uma companhia feminina... Depois, do descobrimento daquela caverna esculpida na rocha, atapetada de peles macias, habitadas por belíssimos aborígines, que a trataram como uma deusa, tocando flauta e dando-lhe colares de flores e conchas, convidando-a a participar das grandes orgias rituais, quase ingênuas, não fosse o consumo óbvio de infusões alucinógenas excitantes, e dos dias e noites que se passavam entre cabanas e grutas e praias cada vez mais eróticas, deixando-a exausta e satisfeita no final de duas semanas que pareceram dois meses.

Mônica sabia perfeitamente que se tratava de cenários, de montagens, de atores, de cenas que nada tinham de espontâneas, e que tudo se fazia à custa dos milhares de euros que cada turista pagava, mas a ilusão era tão perfeita que valia a pena. Além disso, o que lhe restava na vida? O que fazer com todo esse tempo e com o dinheiro que lhe sobrava há já tantos e tantos anos?

Talvez encarar o perigo, ou o desconhecido. Nessa categoria, a viagem a Pompéia parecia bater todos os recordes. A cidade dispunha de um dos mais sofisticados parques de ruíno-diversões do planeta, muito superior a Machu Picchu, Angkor ou Luxor, os três maiores parques de diversões, que haviam substituído os múltiplos estúdios da Universal e as dezenas de Disneylândias espalhadas pelo mundo, hoje visitados somente pela clientela do turismo de massa.

Mônica conhecia muito bem tanto Machu Picchu como Luxor, onde até havia organizado uma reunião de antigos alunos de sua universidade, quase vinte anos atrás. Estava habituada à nova maneira de visitar essas cidades-ruínas, que de ruínas tinham só o nome. As novas tecnologias e os novos materiais permitiram reconstruções incrivelmente perfeitas. Todas as ruas, os prédios, os monumentos, os templos, as lojas voltaram ao antigo esplendor. Os turistas que participavam dessas experiências, já selecionados pelo próprio preço da viagem, tinham de escolher suas atividades, vestir-se e comportar-se como parte de um imenso elenco que se misturava aos empregados, atores escolhidos a dedo por suas características físicas e capacidade de adaptação às épocas e às situações criadas.

Mesmo centros históricos como aqueles de Roma, Pequim, Praga, Paris, Parati ou Ouro Preto deixaram de ser habitados para transformar-se em grandes centros de diversão, mais ou menos exclusivos dependendo da época, da moda, dos eventos e sobretudo dos investimentos feitos pelas multinacionais do turismo. O aumento da busca de diversões pelos cidadãos-ouro e platina, aqueles que tinham o maior poder aquisitivo do planeta, fazia que o nível de conforto e de especialização daquelas viagens fosse cada vez maior. Sem prejudicar em nada o efeito da época – os transportes dentro dos lugares era feito por liteiras, carregadas por atores agindo como escravos, bigas ou carruagens, movidas por animais-robôs inteiramente controláveis; as ruas de velhas pedras foram refeitas respeitando o traçado original; porém, recobertas de materiais que facilitavam longos passeios dos octogenários, mantendo condições climáticas, sonoras e olfativas segundo parâmetros individuais apropriados, controlados e ajustados continuamente por sensores computadorizados. Evidentemente, todos os participantes recebiam roupas e objetos de altíssimo nível de fidelidade relativamente aos originais, assegurando a perfeita ilusão da experiência a ser vivida.

As atividades, pré-selecionadas pelos turistas no momento da compra do pacote, eram sempre insertas no contexto do lugar: os esportes eram realizados nas arenas especialmente adaptadas, as missas e cultos eram feitos segundo os mesmos ritos da época em questão, as danças incluíam músicos e bailarinos treinados, as compras se faziam em reconstruções de lojas absolutamente idênticas às originais, os produtos respeitavam as normas internacionais de qualidade, mantendo as características aparentes do período.

A voz agradável do piloto anunciou a chegada ao aeroporto de Nápoles em poucos minutos, fazendo que Mônica abrisse os olhos, colocasse uma de suas pastilhas mentoladas, energéticas e alucinógenas, debaixo da língua, refrescando o hálito e preparando-lhe a mente para a excursão.

— Pronta para descer? – perguntou sua vizinha morena.

— O difícil vai ser resistir à tentação dos deliciosos garotos napolitanos, já no aeroporto; porém, fomos bastante prevenidas por nossa guia, não é? Teremos tudo à nossa disposição, logo depois da recepção de chegada. Além disso, está tudo incluso no preço, como sempre...

Mônica sorriu sem responder; detestava aquele tipo de camaradagem imposta e, acima de tudo, alusões ao turismo sexual, tão vulgar e sem propósito. Mal sabia sua vizinha que sua verdadeira motivação era o perigo implícito daquelas "Emoções extremas em Pompéia", que ela queria vivenciar plenamente, desde o primeiro minuto.

A recepção foi belíssima, excelente transição entre os séculos que retrocederiam em poucos minutos. A música e as projeções continham mensagens subliminares, pois, logo após as apresentações dos membros do grupo e os primeiros goles de um hidromel claramente acrescido de psicotrópicos, uma bruma densa pareceu envolver os membros do grupo e um imenso bem-estar tomou-os, misturado a um torpor dos mais propícios àquela viagem no tempo e no espaço.

Mônica deu-se conta de que já estava em Pompéia ao ver-se dentro de uma piscina de água quente, provavelmente numa das estações termais da cidade, sendo massageada por mãos experimentadas, pertencentes a um belíssimo casal de jovens à sua disposição.

— *Sono Renzo, signora. Benvenuta a Pompei* – disse primeiro o jovem.

— *Io sono Chiara, per servirla, signora.*

O vapor ambiente, o *chiaroscuro* da sala, o perfume de ervas desconhecidas, o som de uma harpa antiga, tudo contribuía para que Mônica continuasse se sentindo naquele mundo irreal ou super-real. O vinho adocicado que lhe foi oferecido deveria conter poções especiais que aumentavam sua sensibilidade, o erotismo, o abandono, o prazer. Ao mesmo tempo, ela sabia perfeitamente quem era, reconhecia através da bruma alguns rostos vistos na viagem, chegou mesmo a entrever sua bela companheira de assento, ocupadíssima em volúpias grupais na piscina ao lado. Após tê-la longamente acariciado dentro d'água, os jovens agora perfumavam todo seu corpo com óleos essenciais. Mônica sentia o movimento das mãos no ventre, nos cabelos, nos pés, respirava o vapor úmido perfumado, apreciava o calor do mármore liso tocando suas costas e nádegas. Depois de seca e perfumada, levaram-na à sala de repouso ao lado, quatro pseudo-escravas vestiram-na com uma toga de seda, pentearam-na, maquiaram-na cuidadosamente, colocaram-lhe delicadas sandálias e, quando Mônica viu-se refletida num metal polido à guisa de espelho, junto às quatro jovens, sentiu-se como era na verdade, em pleno esplendor: uma belíssima pompeiana sem idade, sem defeitos, sem preconceitos.

A liteira estava pronta, e Mônica deixou-se transportar por aquelas ruas banhadas no lusco-fusco do final de tarde; algumas passantes saudavam-na com admiração – *"Buona sera, signora", "Ave, Monica"* – e outras continuavam caminhando, ou trabalhando, ou cantando ao som dos instrumentos da época. Passou pelas ruas de comércio; na Via dell'Abondanza, ofereceram-lhe frutas e pequenos pastéis saídos do forno na mesma hora; na porta de uma taverna, vários atletas levantaram seus copos e brindaram à sua passagem – *"Salute, bella signora"*; recebeu flores e incenso para oferecer primeiro a Apolo, em seu templo, e logo em seguida foi ao templo de Vênus, já iluminado por archotes, pois a noite caíra. Abriram-lhe passagem e, quando chegou ao altar da chama ritual, fez-se primeiro um grande silêncio; ela jogou âmbar no fogo, a chama aumentou e uma flauta se fez ouvir. Mônica refez os familiares gestos rituais, que ela mesma havia ensinado aos seus alunos durante anos e anos, nos seus cursos de antropologia das religiões.

Os dias se passavam assim: ginástica leve na Palestra Sannitica, longos banhos e massagens nas termas, passeios e compras pela cidade, cultos nos templos, almoços e bebidas nas tavernas, concertos no Teatro Piccolo, tragédias no Teatro Grande, visitas e jantares na Villa di Diomede, na Casa del Fauno, na Casa del Citarista, festas e orgias nos lupanares, mas sempre voltando para dormir em casa, com seus queridos Renzo e Chiara, na sua maravilhosa Villa Monica, refeita sob medida para ela, toda pintada em *rosso pompeiano*, com seu *atrium* em mármore rosa e branco, com seu *impluvium* azulturquesa para recolher a água da chuva, com seus mosaicos dourados retraçando cenas de sua própria vida, o requinte dos requintes. E por toda parte a visão monumental do Vesúvio, daquela tênue fumaça quase permanente, a sensação dos leves tremores de terra, que era como uma outra carícia no meio da noite estrelada.

Deveria ser a última noite, pois havia uma grande festa na Villa dei Misteri. Mônica maravilhou-se com a reconstrução da casa, com todas aquelas pinturas murais perfeitamente refeitas, com as comidas e os vinhos de um requinte excepcional. Todos os participantes do grupo lá estavam, desenvoltos e saciados depois de uma semana naquele ambiente de sonho, com seus escravos-amantes pessoais, com suas melhores roupas e jóias belíssimas, seus corpos resplandecentes de exercícios especializados, sábias massagens e óleos perfumados. Dançarinos nus, com uma maravilhosa pintura corporal, executavam diferentes tipos de danças acrobáticas, progressivamente eróticas, a fim de criar um clima de orgia cada vez mais onipresente. Alguns comensais se isolavam em pequenos grupos nos nichos especialmente preparados com grandes almofadas de seda; outros preferiam desnudar-se e fazer amor em público. Mônica preferiu sair discretamente com seu casal favorito e passar a última noite curtindo aqueles corpos já bem conhecidos no enorme leito de plumas da sua adorável Villa.

Era uma noite de lua cheia contra um céu de um azul intenso, repleto de estrelas, o vinho que lhe serviam tinha sabor de uvas doces e a cabeça estava leve, os olhos semi-abertos, o corpo agradavelmente estimulado por quatro mãos suaves, duas bocas úmidas e o sexo de Renzo roçando o seu, deixando a penetração para mais tarde. Havia música de harpa, cítara e flauta, havia risos longínquos, havia até aquela vibração excitante que vinha da terra.

Um estrondo, outro, clarões no céu estrelado, os risos na rua transformando-se em gritos. Chiara passava a língua em sua orelha, Renzo começava a penetrá-la, e Mônica pensou que logo chegaria a apoteose, provavelmente uma erupção simulada do Vesúvio, um deslumbrante espetáculo de luz e som recriando as últimas horas da cidade. O perigo iminente, real ou virtual, acentuava seu prazer, que vinha em cascata. Chiara e Renzo também começaram a gritar, mas talvez fosse de gozo. Que atores excelentes!

Ela compreendeu naquele instante o nome, muito bem escolhido, da viagem: "Emoções extremas em Pompéia". Pedras incandescentes começaram a cair no terraço, os ruídos da rua estavam insuportáveis. Era desagradável escutar de novo inglês e francês em altos brados. A temperatura aumentava terrivelmente e uma das cortinas esvoaçantes incendiou-se. Ao mesmo tempo que um orgasmo violento sacudiu seu corpo, sentiu uma dor violenta provocada pela queimadura feita por uma pedra incandescente; tentou levantar-se junto com o casal, porém sua cabeça girava e as pernas estavam bambas de vinho e drogas. O céu parecia coalhado de estrelas cadentes, mas talvez fossem pedras em chamas – que espetáculo mais realista, *bravo, bravissimo*!

De repente, vários helicópteros no céu, alto-falantes pedindo a retirada imediata pelos terraços. Mônica chegou a escutar o ruído ensurdecedor de um helicóptero tentando aproximar-se de seu teto, mas sobreveio a explosão e ela não viu mais nada. Era a emoção maior.

5

ENCONTRO LITERÁRIO

Rio de Janeiro, fim dos anos 90

Caio começou escrevendo redações para dona Ivana, a professora de português do ginásio. Não, começou antes, com dona Amália, a professora querida do grupo escolar, aquela solteirona elegante e simpática que não aceitava soluções de facilidade nas redações. De qualquer modo, muito cedo Caio sentiu que podia escrever: as idéias vinham naturalmente, as palavras se ajustavam umas às outras e o resto era questão de seguir algumas regras. Era o primeiro da classe, sobretudo em português.

Dona Amália tinha o hábito de ler as duas ou três melhores redações em voz alta, e Caio ficava feliz, orgulhoso. Era sua maneira de compensar a falta de capacidade (e de vontade) para os exercícios físicos e o seu mau jeito nas aulas de ginástica ou nos jogos do recreio. Já havia desistido de fazer parte dos times de futebol, de vôlei, de basquete: não valia a pena insistir.

Mas a verdadeira escola de redação foi o ginásio, foi bem aquela professora baixinha e gordinha, que enlouquecia todo o instituto de educação com aquelas manias de obrigar a leitura completa de *Os lusíadas*, *Os sertões*, *O crime do Padre Amaro*. Não só a leitura, mas também a análise léxica e lógica. Tanto Ivaninha, a professora de português, como Reizinho, o professor de latim, pareciam ter feito um pacto de solidariedade, transformando aquele ginásio num reduto da melhor utilização da língua portuguesa. Era dos poucos ginásios em que essas matérias podiam levar à reprovação quando todos os outros apenas valorizavam as matemáticas.

De qualquer maneira, obrigado ou não, Caio escrevia o tempo todo. Seus leitores eram escassos, porém exigentes: "os três patetas", como eram conhecidos na escola, e suas duas primas. Todos com ambições artísticas, levemente literárias. Liam tudo o que lhes passava pelas mãos, mas procuravam evitar literatura portuguesa, já que era obrigatória na escola. Gostavam mesmo era dos livros "fortes", indiscriminadamente, franceses, ingleses, americanos, italianos. E corriam atrás dos poetas malditos, Piva, Mautner, difíceis de encontrar, difíceis de ler escondidos dos pais.

Faziam concursos de literatura: contos, novelas, crônicas; o vencedor, aquele que obtinha o maior número de votos, ganhava um *cheeseburger* e um *milk-shake* do Chico's. Como liam muito e as bibliotecas eram muito mal servidas, passavam as tardes de sábado nas livrarias e nos sebos, antes do cinema ou da festinha programada para a noite. Acabavam sempre comprando alguma coisa e depois faziam circular os livros, anotando com cuidado qual obra era emprestada.

Quanto tempo durou essa orgia literária? Bem uns quatro anos, dos 12 aos 16, aqueles anos intermediários entre a saída da infância, os tumultos da adolescência e a busca do que fazer no futuro. Nada estava definido, tudo podia ainda ser modelado: as pulsões sexuais, os gostos artísticos, os modelo sociais, os valores filosóficos, as linhas profissionais. Foram os anos das buscas desordenadas, confusas, sem regras familiares, religiosas ou políticas. Tentavam se encontrar nos livros, nos filmes, nas festinhas, nas reuniões em que se jogava o "jogo da verdade", que nada mais era que o jogo das mentiras adolescentes. A televisão quase não contava: não educava – como não educa até hoje –, mas sobretudo não distraía (que pena, não havia ainda a televisão em cores...).

Mal sabiam eles que aqueles poucos anos seriam os únicos realmente dedicados à literatura pelo simples prazer artístico. Mais tarde, viria a preocupação profissional, social, filosófica, política, as leituras começariam a se orientar, perderiam aquele caráter gratuito cheio de descobertas fortuitas. Mais tarde, as descobertas do amor-sexo e a luta pela sobrevivência iriam provocar as primeiras angústias existenciais, que delineariam as buscas de cada um. O trio afastou-se da literatura cada vez mais: um virou economista, outro engenheiro, outro ainda funcionário público. As primas fariam aquelas escolas que não serviam para nada a não ser esperar marido: casaram-se, divorciaram-se, tornaram-se pequenas donas de casa sem interesse.

Caio foi estudar no exterior, arrumou uma daquelas bolsas de estudo que serviam de pretexto para arejar. Apesar de muitas idas e vindas, nunca mais voltaria a viver no Brasil. Terminou os estudos lá fora, primeiro de engenharia, depois de administração. Teve certo sucesso numa grande multinacional; porém, pediu demissão e passou anos trabalhando com turismo. Depois, virou professor de uma *business school* em Londres. Visitava o Brasil a cada dois anos e ficava na casa de amigos no Rio.

Lauro encontrou-o por puro acaso, no estacionamento de um *shopping*.

— Caio! Você por aqui? Quem é vivo sempre aparece! Não se lembra de mim? Será que fiquei tão velho?

— Lauro! Lauro Fragoso, como não lembro! Você está óti- mo, Lauro, não muda nunca! Que bom te ver!

Trocadas as banalidades de sempre, cheias de meias men- tiras para agradar ao outro e a si mesmo (claro que estavam mais velhos, mais gordos, mais carecas...), os antigos colegas voltaram ao *shopping* para tomar um café de reencontro. Vin- te, mais de vinte anos haviam passado; os corpos eram outros, mas logo reencontraram os pontos comuns: os anos de escola, os antigos amigos, as perdidas paixões. O que haviam feito em todos aqueles anos? Lauro teve inveja do pouco que soube de Caio, de suas andanças pelo mundo, de seus empregos tão in- teressantes, de sua vida em Londres...

— E você, manteve contato com os três patetas? – per- guntou Lauro. – Eu nunca mais soube nada, vocês que eram tão amigos...

Porém, Caio pouco sabia deles; também havia perdido de vista os antigos amigos, os rumos se desencontraram. Segun- do Lauro, era uma pena, pois ele se lembrava muito bem dos concursos de literatura (dos quais nunca tinha sido convidado a participar), lembrava-se perfeitamente das gozações da escola sobre aqueles bananas que não faziam nenhum esporte, só fi- cavam falando de filmes e livros – ele bem que havia ajudado a espalhar o boato que corria na época sobre a pseudo-homosse- xualidade do bando que insistia em ignorá-lo. Mas tudo eram águas passadas.

— Caio, você ainda estará por aqui na sexta-feira? Estou lançando um livro aqui mesmo na livraria do *shopping*, queria muito que você viesse, você vai encontrar muita gente conhecida.

De todos os colegas de Caio da época do colégio, Lauro era o único que havia realmente feito carreira literária, com mais de quinze livros publicados. A vida não era fácil, ele tinha de trabalhar em vários jornais e revistas, fazer traduções, roteiros de cinema e teatro, até letras de música. Mas escrevia, vivia disso.

Antes da despedida, trocaram endereços, e Lauro deixou o convite do lançamento; porém, sentiu que Caio não iria, não sabia direito por quê. Uma pena. Sinceramente, gostara de rever o amigo.

Caio pegou o carro e saiu guiando pela cidade, meio sem rumo, em piloto automático, a cabeça fervendo, confusa. Em menos de meia hora de conversa com o amigo, montes de dúvidas arduamente suprimidas por anos de análise vieram à tona. Voltaram as ambições criativas deixadas de lado por mais de vinte anos de viagens, mudanças, instabilidades forçadas pelo seu ritmo de vida. Deu-se conta de que toda aquela vida que ele quisera tão cheia, tão rica, tão variada, havia criado uma incompatibilidade com a literatura, ocupação que necessitava de um mínimo de estabilidade em alguma coisa. Estabelecer-se em um lugar, ter uma atividade fixa, manter relações estáveis, talvez?

Estacionou no meio-fio, num lugar proibido, pegou algumas folhas que estavam soltas no carro e começou a escrever rápido, impulsivamente, para não perder o fio das idéias que acompanhavam as imagens do colégio, de suas antigas professoras, de seus amigos perdidos, de suas antigas ambições. Foi escrevendo quase em transe, encheu todas as folhas que tinha à mão e só então parou para pensar. Será que precisava mesmo de um lugar, de um espaço, de uma atividade e de uma relação estáveis para poder escrever, ou tudo era só um pretexto para não fazê-lo?

O guarda já estava apitando do outro lado da rua; porém, antes de sair dali, ele releu sorrindo as primeiras linhas daquelas páginas mal escritas: "Caio começou escrevendo redações para dona Ivana, a professora de português do ginásio. Não, começou antes, com dona Amália, a professora querida do grupo escolar, aquela solteirona elegante e simpática que não aceitava soluções de facilidade nas redações".

6

COMO EU, POR EXEMPLO

Chicago, Nova York, Rio de Janeiro, anos 80 até hoje

Gordinha ela sempre tinha sido; bonita mais por dentro do que por fora, sorridente, simpática, interessante e muito, muito engraçada. Boazinha, não; isso, para ela, era até insulto. Tinha estudado nos bons colégios do Rio, cursara letras, mas gostava mesmo era de fazer teatro: Clarita era uma atriz nata.

Adorava trepar, mas quem não adorava naqueles anos gostosos da abertura? Depois de ter feito *Hair* pelada, nunca mais dormiu sozinha; comia o que passasse, como dizia ela, gatos, gatas, jovens, crianças, até velhos enxutos, categoria difícil, mas apreciada.

Casou cedo com um arquiteto *gay*, jovem e desempregado. Foram morar em Brasília para que ele achasse trabalho; porém, quem achou foi ela, sem querer. Ronaldo estava preparando seu currículo na casa de uns amigos, chovia e havia outros três que estudavam para o próximo concurso do Itamaraty. Sem ter o que fazer a não ser puxar fumo, Clarita resolveu ajudar os amigos com as apostilas; acabou achando fácil demais, decidiu inscrever-se também no concurso – afinal, falava perfeitamente inglês e francês. Acabou sendo a única a passar no exame, virou oficial de chancelaria – "ofchan" no linguajar do Ministério.

Em pouco tempo, "dada" do jeito que era, acabou conhecendo todo o mundo dentro daquela imensa casa de doidos, da secretária monstro sagrado do departamento de pessoal aos embaixadores de nomes pomposos, suas mulheres e filhos. Não deu outra: em tempo recorde, teve nas mãos a possibilidade de escolher seu primeiro posto, bem na linha Elizabeth Arden – ou seja, Paris-Londres-Nova York, todos postos excelentes e com amigos dentro.

Correu para dizer ao marido, que nem teve dúvida quanto à escolha, esnobando os postos de maior prestígio: queria Chicago, claro, por causa do Frank Lloyd Wright, papa da arquitetura moderna, e já se via indo trabalhar no maior escritório de arquitetura do mundo. A preferência de Clarita por Paris ou Londres nem foi considerada; aliás, dizia Ronaldo, viver em Chicago era muito mais barato, viveriam melhor e até economizariam.

Foi lá que os conheci. Eu fazia ainda minha pós-graduação e encontrei Clarita no consulado; ela convidou-me à festa de inauguração da casa – haviam acabado de chegar e já estavam dando festa. Era um apartamento pequeno num prédio construído por um dos alunos de Wright, no subúrbio de Oak Park, o bairro onde o grande mestre morou, trabalhou e construiu. Viviam rodeados de casas de Wright, pagavam uma fortuna e estavam longe do centro, mas que era chique, isso era.

Estávamos em pleno verão canicular, e a festa foi de arromba; convidaram todos os vizinhos e todos os brasileiros soltos por Chicago. Começaram com um churrasco no pátio, muita carne importada do Brasil e ótimos vinhos – baratíssimos, comprados pelo consulado –, saladas, ponche com LSD, maconha para os entendidos no quarto, música alta até a intervenção da polícia, e continuamos festejando até a madrugada, num pequeno grupo de uns vinte.

Fui adotado imediatamente, não por estar sozinho e ser mais jovem, mas acho que por estarmos num daqueles momentos em que precisávamos de uma família de escolha. Enfrentamos juntos o primeiro inverno, exploramos não só os arredores como também várias partes do país, sabíamos que estávamos juntos por acaso, que nossa vida era marcada pela falta de permanência, acho que era isso que nos ligava. Tínhamos muitos amigos comuns, diplomatas, artistas de passagem, comissários de bordo, estudantes; porém, só o nosso trio era constante, nos víamos todos os dias – Clarita, porque trabalhava perto de minha universidade; Ronaldo, porque tinha muito tempo livre.

Com Ronaldo, explorei todas as grandes obras arquitetônicas da região e todas as obras de sacanagem *gay* da cidade: bares, *backrooms*, parques, praias, grupos de liberação homossexual. No começo, ele vinha como observador, mas logo passou à ativa, trepando muito mais que eu, usando-me como desculpa para sair de casa. Clarita não sabia de tudo; porém, imaginava; acho que preferia que Ronaldo saísse comigo a ficar sozinho. Enfim, havíamos estabelecido um bom equilíbrio entre vida profissional, estudantil e muito sexo, drogas e *rock'n roll*. Era da época, era do lugar, fazia parte daquele nosso equilíbrio instável. Aqueles anos de nossa fase americana marcaram-me para sempre.

Clarita tinha a capacidade de atrair cenas incríveis, que poderiam fazer parte de um filme cômico, como o passeio pela praia do lago, a festa dos exus ou os incêndios múltiplos.

Quando o tempo permitia, passeávamos muito pela borda do lago, a pé, de carro ou de bicicleta. Naquele final de domingo, decidimos experimentar uma maconha nova, e ela era tão forte que fomos obrigados a estacionar e continuar o passeio a pé. Havia pouca gente pelas paragens e nem nos preocupamos quando passamos perto de um bando de jovens, meio *hippies*, tocando violão e fumando. Paramos para bater papo e, de repente, fomos abordados por um carro de polícia. Foi Clarita quem nos salvou com seu talento de teatro, aquela capacidade de usar um linguajar diplomático, cheio de uma dignidade tão bem construída que até convenceu. O pior é que Ronaldo tinha tanta maconha com ele que, se a polícia fizesse uma busca, poderia ser considerado o fornecedor dos jovens! Isso nem sempre deu certo; anos depois, Clarita foi presa numa fronteira, logo me lembro onde, por causa de alguns baseados escondidos numa bota. Foi pega pelo olfato dos cachorros.

A festa dos exus aconteceu numa galeria de arte sul-americana onde exibiam arte indígena. Muito atrapalhado, Ronaldo esbarrou sem querer numa peça ritual, que acabou caindo ao chão e se quebrando; tiveram de comprá-la: era uma espécie de barco de cerâmica, cheio de diabinhos pretos e vermelhos, que logo Clarita chamou de "barco de exus", dizendo, de brincadeira, que Ronaldo soltara os exus do barco. Mas foi o que aconteceu. Logo depois, se abateu uma enorme e imprevista tempestade de neve, ninguém se animando a sair da galeria. Uma dinâmica de grupo foi se instaurando e, de repente, duas meninas começaram a se amassar atrás de uma estátua, um grupinho *gay* transformou a última saleta num *backroom*, o adido cultural da embaixada resolveu dançar tango com o garçom de serviço e Clarita só tentando desviar a atenção do adi-do militar, que por acaso também estava presente na galeria.

Quanto aos incêndios, o primeiro aconteceu quando, pas-sando casualmente pela casa deles, de bicicleta, vi uma fumaça suspeita saindo do apartamento ao lado e escutei a sirene dos bombeiros chegando. Telefonei da primeira cabine que encon-trei, eles demoraram a atender, e vi que não haviam ainda per-cebido nada. Ansioso, disse-lhes que saíssem imediatamente de casa, os bombeiros já estavam chegando, e logo em seguida vi Ronaldo saindo de *short* e puxando Clarita de camisola, car-regando uma trouxinha de lenço e o com o *vison* nas costas. Esbaforida, ela me disse:

— Saí só com o essencial, o casaco, as jóias, maconha e o passaporte; o resto que pegue fogo, caguei...

O segundo incêndio aconteceu bem mais tarde, Clarita já havia se divorciado e morava em Nova York com o novo marido. Estávamos celebrando seu aniversário, as pessoas iam chegando e Clarita só respondia ao porteiro pelo interfone, au-torizando o pessoal a subir:

— OK, *send them up.*

Como o interfone tocava repetidamente e ela respondia de maneira automática, lembro-me de ter perguntado quem era toda aquela gente subindo, ao que ela me respondeu:

— Sei lá, não entendo nada do que esse negão do Bronx me diz de lá de baixo, mas deve ser gente conhecida.

Naquele mesmo instante, escutamos o barulho de murros fortíssimos na porta, abrimos correndo e vimos dois bombeiros sujos de carvão, com mangueira e machadinha, berrando:

— Nada de pânico, é um incêndio no andar de cima, mas tudo já está sob controle, *no panic!*

Controle coisa nenhuma; tivemos de descer correndo os sete andares da escada de emergência, e Clarita, sempre com seu *vison*, suas jóias, seu passaporte e a caixinha cheia de maconha, muito boa para ser deixada queimar lá em cima – tudo é questão de prioridades na vida.

As prioridades de Clarita nunca mudaram – por que mudar uma coisa que funcionava? Seu novo marido também era *gay*, também vivia às suas custas, também era mais jovem que ela, também durou pouco, também morreu de Aids depois de eles terem se divorciado. Duplamente divorciada e duplamente viúva, Clarita encerrou a carreira matrimonial oficial muito antes de encerrar a carreira diplomática. Morou em Chicago, Washington, Nova York, Toronto, Amsterdã, antes de voltar a Brasília e conseguir uma aposentadoria por incapacidade. O diagnóstico foi de doença mental – fajuto, claro, e arranjado por um psiquiatra amigo. Devo dizer que nem sei se ela planejava alguma coisa – carreira, vida afetiva, social, sei lá. Mas as coisas aconteciam como se ela houvesse planejado. Será que era planejamento inconsciente?

Nós nos vimos pouco desde que ela voltou definitivamente ao Brasil, eu tendo decidido ficar fora. Ficou difícil, já que ambos detestamos escrever, mesmo correio eletrônico. Ainda assim, houve poucos porém marcantes episódios, dos quais acabei sabendo de maneira indireta. Como aquela sua passagem-relâmpago por uma novela da Globo; dizem que ela estava excelente no seu próprio papel, não precisava nem interpretar, dava audiência.

Tudo ia tão bem, Clarita tinha todas as chances de transformar-se numa atriz global, mas, de repente, tudo se desencadeou no meio da novela: intrigas emocionais, sexuais, econômicas, bruxaria e finalmente crime, com processo e tudo. A novela teve de terminar mais cedo, que pena. Segundo Clarita, foi exatamente como na galeria sul-americana: soltaram os exus do barco. Porém, quem os soltara dessa vez?

Houve episódio em que ela serviu de assessora de uma artista bastante popular em turnê pela América Latina. Durante aqueles meses, Clarita fazia-me longas chamadas internacionais para rirmos juntos dos percalços da cantora e do seu grupo musical; afinal, todos se conheciam desde a época de *Hair*. Todos os shows, como de hábito, se faziam com auxílio de muita maconha e outras drogas mais ou menos leves. Era missão de Clarita manter as aparências do grupo, mas, numa passagem por Buenos Aires, deve ter se distraído – talvez por ter fumado demais –, e o cachorro da alfândega acabou achando alguns baseados muito bem escondidos dentro do salto da bota. Foi muito difícil e caro manter o episódio fora da imprensa e, mesmo com todos os pistolões da TV Globo, Clarita acabou tendo de ficar para trás para passar uns dias na cadeia, perdendo o ótimo emprego e ficando na lista negra de todas as fronteiras como passadora de droga. Má sorte de novo, segundo ela.

Ou ainda o seu enésimo caso com um homem mais novo, sem emprego, *gay*, enfim, o quadro habitual das suas paixões. Só que muito mais incompetente que os outros. Conseguiu, em pouco tempo, acabar com todas as samambaias do terraço de Clarita e fazer muitos inimigos. No entanto, também durou muito menos tempo que os outros e, ainda bem, saiu da relação com vida. Parece que virou passador de calote profissional, conseguiu enrolar pelo menos duas amigas de Clarita com a mesma lábia, ou com os mesmos músculos.

Fiquei muito tempo sem notícias, mesmo indiretas. Como se Clarita houvesse sumido do mapa, cortado relações com todos os nossos amigos comuns, que eram muitos. Até hoje, agora, quando acabei de receber uma daquelas mensagens circulares monstro, daquelas que dão a volta ao mundo pela internet. Veio bem do endereço eletrônico de Clarita; porém, sem nenhum recado pessoal para mim. Não conheço nenhum dos nomes da lista. A mensagem circular fala de todas aquelas coisas que, sem querer, fazemos diariamente e que acabam minando nossas possibilidades de uma vida de sucesso, como "amar sem ser amado", "recair nos erros do passado", "tentar dar jeitinho em tudo" ou "sempre exagerar na piada e nunca levar nada a sério". Das múltiplas frases citadas, todas caem como uma luva para minha querida amigona, a tal ponto que me pergunto se não foi ela quem iniciou a corrente, para exorcizar seus próprios demônios.

Penso, penso e chego à conclusão de que tudo aquilo é muito mais um breve resumo do caráter brasileiro. Clarita, gordinha e exagerada como sempre, gosta e só sabe viver daquele modo, sem censura, pagando o preço do seu brasilianismo. Os outros se envergonham, se adaptam, até escondem essas particularidades. Como eu, por exemplo. Até na minha vida de hoje, mais certinha e adaptada a este mundo global, que não é aquele das novelas da Globo.

Eu tinha até me esquecido daquela minha parte "patropi", tupiniquim, Carmen Miranda, que todos possuímos de nascença, querendo ou não. A mensagem recebida foi dirigida a mim, sim senhor; tenho que agradecer à gordinha, telefonarei agora mesmo para ela; é tarde, mas ela não liga para essas frescuras. Qual é mesmo o prefixo depois dos zeros?

7

JEANNE, JESSICA E JANE

França, EUA, Brasil, começo dos anos 2000

Três viúvas com mais de 80 anos, três belas mulheres, três forças da natureza. As semelhanças terminam aí. Três histórias diferentes que vão chegando ao desenlace, três finais de vida em três pontos do mundo. Alguns pontos de ligação produzidos por encontros e desencontros em um passado distante.

Jeanne passava o pano na cozinha da sua casa de campo, onde nascera, perdida no meio de uma França rural, longe do tumulto de Paris, num ato automático depois de um café com leite e de um *croissant*, antes de ir cuidar do jardim. As amigas, mesmo sendo mais jovens que ela, diziam que era loucura viver sozinha, sem uma faxineira para o trabalho mais pesado, numa casa que ficara grande demais com o tempo. Mas não adiantava insistir, nem pensar.

— Mamãe sempre fez tudo, grávida, doente, sem papai, sem ajuda de ninguém, até o dia da morte, e morreu com quase 90 anos. Eu gosto de me ocupar, o trabalho me distrai, vou devagar; além disso, vocês têm idéia de quanto é a minha aposentadoria?

Desculpas, claro, pois, com o aluguel do seu apartamento em Paris, ela poderia viver tranqüila até os 100 anos naquele vilarejo da Borgonha, com empregada, jardineiro e dama de companhia, se quisesse... Mas isso não se fazia naquela casa, não fazia parte dos hábitos de quem havia passado pelas economias forçadas de duas guerras.

O carteiro, o mesmo que ela tinha visto nascer, deixou a correspondência do dia na caixa: alguns prospectos, algumas contas e um cartão-postal com o desenho de um girassol sorrindo. Jeanne achou engraçado o cartão sem paisagem, e a mensagem ainda mais. Vinha de um tal de Peter, que passaria para vê-la dentro de algumas semanas, que estivera ausente por muitos anos, que tinha saudade da França. "Que Peter? Peter, Peter... Deve ser inglês ou americano, mas não, o cartão vem da Bélgica... Quem é que eu conheço na Bélgica?" É claro, só poderia ser Peter, o filho de Jessica, aquela americana que costumava passar férias com o marido rico e o filho simpático no Relais du Parc, o melhor hotel do lugar. "Mas isso há mais de quarenta, sei lá, talvez cinqüenta anos!"

Jeanne e o marido tinham trabalhado no Relais por três ou quatro anos antes de decidirem viver em Paris. Claro, como esquecer aquele casal simpático, aquele menino loiro e sorridente, que falava francês melhor que seu próprio filho, que gostava de bichos e que vivia na sua casa enquanto Jessica ficava tomando sol na piscina, jogando cartas, falando... E como falava! Mesmo depois de se perderem de vista, Peter ainda mandava cartas e cartões, pelo menos no Natal. Tinha feito um monte de cursos – advocacia e algumas outras coisas complicadas – e depois fora trabalhar na Bélgica, em algum emprego ligado à Comunidade Européia. Mas fazia anos, mais de dez, que ela não tinha notícias dele. De Jessica e do marido, nem sabia se ainda estavam vivos, eram mais velhos que ela. Continuou a passar o pano na cozinha, já era tarde.

Jessica demorou a atender o telefone. Como sempre, seu joelho doía muito e todos os telefones da casa estavam longe. Finalmente, atendeu; era seu filho Peter. Ela sabia que só poderia ser ele, era o dia do seu telefonema; era sábado ao meio-dia na sua casa de Michigan, mas fim de tarde em Bruxelas, onde morava o filho. Peter estava com a voz animada, tinha decidido fazer uma viagem pela França. Nada de Paris, nada de Saint-Tropez, Deauville ou Biarritz. Queria rever a Borgonha das suas férias de menino, tinha até reservado o mesmo hotel onde costumava ficar com os pais, o Relais; parece que o hotel ainda era bom, como nos velhos tempos. Continuaram a conversa, relembrando aqueles anos felizes:

— Como se chamava mesmo aquela moça da recepção, a que era mulher do gerente? Jeanne, claro, como ela era bonita! Que olhos, que cabelos!

Depois de desligar, Jessica fez um esforço por causa da artrite e esticou-se, alcançando dois álbuns com capa de couro que estavam numa das estantes mais altas da sua biblioteca. Não demorou a encontrar as fotografias que queria. Lá estava o marido, desaparecido há mais de vinte anos; lá estava Peter em quase todas as fotos, passeando no parque, andando a cavalo, "que gracinha", assoprando velinhas no bolo de aniversário; e lá estava Jeanne, no Relais, junto ao marido e na fazenda dos pais, brincando com Peter. Ah, o filho querido, sempre longe, sempre viajando. Uma hora em Nova York, outra na Europa, e agora em Bruxelas, um lugar tão sem graça, mas ele dizia que gostava... Tudo bem, só que era tão longe, sobretudo num momento em que viajar de avião lhe custava tanto esforço! Sobraram os telefonemas de fim de semana.

Ao folhear o segundo álbum, Jessica encontrou uma foto solta, uma foto de estúdio, envolta em papel de seda como se fazia antigamente. Era uma foto de formatura de faculdade, a foto do baile, e lá estava Jane, sua amiga brasileira, com uma orquídea no vestido. Ela vivera em Ann Arbor, na sua casa, por quatro anos, uma quase-irmã, perdida no tempo e no espaço. "Por onde andaria, o que faria, ainda estaria viva?" Não perdeu tempo, buscou a lista telefônica.

Jane resolvera dar uma ordem no quarto de costura. Aquele velho apartamento em Copacabana era bonito, grande, antigo, da época áurea do bairro, muito complicado para cuidar e sobretudo caro para manter. Sozinha há mais de dez anos, deixava aquele quarto sempre trancado. Há tanto tempo não costurava... "E costurar para que, para quem?" Os netos nem sabiam o que era roupa feita em casa ou tricotada; pior ainda, sua especialidade era o crochê, "que coisa mais brega para eles, que horror!".

Decidiu começar pelas caixas de sapato, as "caixas dos horrores", segundo seu falecido marido. Uma das primeiras caixas abertas, aquela onde estava escrito "Ann Arbor", só tinha coisas da sua fase de estudante nos Estados Unidos. "Que idéia guardar tanta coisa!" Logo deparou com uma flor artificial, a sua orquídea da formatura, e não pôde deixar de achá-la linda, vista com os filtros da saudade. Para ela, não estava nem amassada nem amarelada, estava simplesmente como sempre estivera na sua mente, viçosa como ela mesma era na época. Imediatamente, viu o retrato de Jessica. Algumas lágrimas lhe embaçaram os óculos; fechou a caixa, saiu do quarto – a arrumação ficaria para outro dia. Foi ao terraço, fazia muito calor naquela tarde, mas a visão do mar lhe fez bem.

Jeanne limpava o chão da cozinha, Jessica procurava um número de telefone, Jane olhava o mar. Uma atividade física, uma busca, uma contemplação. Naquele instante, os atos das três mulheres representavam exatamente o que sempre fora a preferência de cada uma delas, a linha diretriz daquelas vidas ligadas por algum fio existencial, daqueles que provocam ligações inesperadas, mesmo após anos de afastamento, nas tapeçarias que nós mesmos desenhamos, tecemos e persistimos em chamar destino.

Jessica descobriu o número daquela associação que congregava antigos alunos da universidade, telefonou e obteve o número do médico brasileiro que costumava sair com Jane na época da escola. Segundo os dados da associação, ele trabalhava numa clínica de Detroit. Telefonou em seguida, só para descobrir que ele já havia falecido – "ah, essa terceira idade" –, mas conseguiu um telefone de outro amigo comum, dado pela secretária da clínica. Por intermédio dele, conseguiu finalmente o telefone de Jane no Brasil. Meia hora de trabalho bem-feito! Apesar dos anos, Jessica sentiu-se eficiente. Quando escreveu o número num *post-it*, sorriu, vitoriosa.

Voltou a pensar no filho, que faria uma volta ao passado. Achou bom para ele e para ela, já que ele visitaria Jeanne. Só nesse momento ela fez a conexão entre Jeanne e Jane. De repente, uniu as duas representantes de um tempo distante. Pensou que suas duas velhas amigas, tão diferentes apesar de terem o mesmo nome, tiveram um significado na sua vida; mas qual? Ficou espantada com a coincidência. Percebeu que Peter fora a causa. Coincidência? O que estava sendo armado nos bastidores da vida? Jessica sentiu aquela excitação própria de uma coisa nova acontecendo. Sentiu que precisava de música; ligou o som com o controle remoto, que sempre carregava num dos bolsos do vestido. Procurou a estação clássica, ficou feliz ao escutar uma grande orquestra, talvez a abertura de alguma ópera italiana. Verdi, quem sabe? Um calor gostoso começou a agitar seu estômago, ou seria o seu coração que batia mais rápido?

Jane saiu do terraço, voltou à sala, fechou a janela, ligou o ar-condicionado antigo, mas que funcionava, ainda que barulhento, sentou-se na poltrona de couro favorita do finado marido, que tinha vista para o mar, a poltrona que agora era sua, inteiramente. Pegou ao acaso um livro de poesias, que sempre havia morado na mesinha de mármore preto do agora inexistente Clube do Livro – de que ano seria aquilo? Velho, como ela; porém, encadernado, pois encadernar livros fora o último *hobby* do marido, da aposentadoria até a morte. Abriu o livro, também ao acaso, e leu algumas linhas de um poema de

Drummond: "Chupar o gosto do dia! Clara manhã, obrigado, o essencial é viver!" Fechou os olhos. "Que coisa; hoje, parece que tudo me vem do passado!" As palavras do poeta lembravam-na tanto de sua amiga americana, com aquela bulimia de vida. "Que bem ela lhe havia feito, quanta coisa boa tinha aprendido com Jessica!"

Lembrou-se de que, naquela época, fora muito tentada pela vida da amiga. Não porque Jessica fosse rica, americana, mas pela sua liberdade, algo que ela nunca tinha experimentado antes. Perguntou-se por que não havia seguido o impulso de casar-se com aquele namorado brasileiro que tinha uma bolsa de medicina em Ann Arbor. Eles se gostavam tanto, ainda que platonicamente – mas quem tinha relações antes do casamento naqueles anos? Nem Jessica, que só atiçava fogos sem consumi-los! Mas Jane voltou ao Brasil; nunca havia trabalhado e casou-se com um homem que lhe dera tudo, menos a liberdade. Entretanto, fora feliz. Amar não era isso? Sabe-se lá! Hoje em dia, vendo filmes na televisão, parecia que amar era outra coisa, no Brasil ou lá fora. Naquela época, só Jessica era capaz de pensar desse jeito. Jane só lamentava que o encontro entre as duas tivesse se passado tão cedo. No fundo, ela experimentara coisas, hábitos, costumes para os quais não estava preparada. Sentiu um princípio de frustração. Ou talvez uma nostalgia de algo que nunca pudera experimentar.

Teve vontade de escutar música, ainda bem que havia guardado todos os discos, os velhos LPs colecionados durante toda uma vida. Colocou seu disco favorito na vitrola, o *Réquiem* de Fauré. Que coisa linda, calma e alegre ao mesmo tempo, nem parecia um réquiem.

Jeanne havia terminado de limpar o chão; podia pensar no que prepararia para o jantar. Nada complicado, a carne já estava cortada, havia arroz da véspera, a salada já estava lavada, era só pôr a mesa. Arrumou tudo, mas ainda era cedo; resolveu dar um trato nas uvas da parreira do quintal.

Fora um sábado de céu azul, sem nuvens, o vilarejo silencioso, o barulho das cigarras cessara. Seu pai dizia que era sinal de que o verão havia terminado, e era verdade, as andorinhas já começavam a se preparar para partir. "Tão cedo!" O tempo estava cada vez mais louco. Ao chegar à vinha que o pai havia plantado, ouviu o telefone tocar; porém, não se incomodou: ela não esperava telefonemas; além disso, nunca chegaria a tempo de responder. Começou a podar as plantas, devagar. Os gestos, milhares de vezes repetidos em sua longa vida, eram automáticos, deixavam sua cabeça livre para divagar sobre as coisas do dia, sobre as tarefas que ainda deveria fazer e que, apesar de poucas e corriqueiras, lhe davam tanto prazer, eram saboreadas lentamente.

Jeanne voltou a pensar no cartão-postal recebido havia pouco. Imagens do passado começaram a surgir na sua mente, coisa rara; entretanto, ela não as rejeitou. Voltaram as recordações daquela jovem e desenvolta americana. Como era possível? Por que, entre as dezenas de hóspedes assíduos do Relais, somente Jessica permanecera na sua memória? Talvez por ter sido a única mulher que lhe entreabrira as portas de uma certa liberdade que ela sequer havia imaginado. Na época, era simplesmente um comportamento estranho, coisa de estrangeiro. Naquele dia, naquele momento, Jeanne se dava conta de que Jessica fora a única mulher verdadeiramente liberada que ela havia conhecido.

Vozes infantis lhe chegaram aos ouvidos. Como em todos os sábados, as crianças do coral ensaiavam na escola, ao lado da sua casa. Jeanne nem sequer teve de apurar o ouvido, conhecia cada nota emitida, era uma de suas músicas favoritas: o *Kyrie do Réquiem* de Mozart.

Em outro lado do planeta, Jane estava absorta escutando *In Paradisum*, seu movimento favorito daquela antiga gravação do Réquiem de Fauré. As imagens do passado continuavam a desfilar na sua mente. Estava mesmo pensando em Jessica quando ouviu o telefone tocar. Tentou, mas não conseguiu sair da cadeira, começou a sentir-se extremamente cansada, um pouco tonta com todas aquelas recordações... Arrependeu-se de nunca ter querido um telefone celular; seu velho telefone preto tocava, tocava, e ela não conseguia encontrar forças para se mexer. O cansaço nem chegou a tornar-se opressivo, sobreveio uma tontura ainda mais forte, seguida de enjôo e dor nas costas. A morte chegou rápido, sem sofrimento, naquela poltrona de couro. A música doce, espiritual, havia amenizado os ruídos tão terrestres da avenida da praia lá embaixo e do ar-condicionado lá dentro.

Jessica deixou o número de Jane chamar dez, doze vezes e desistiu; tentaria mais tarde. Exausta com tantas emoções, resolveu dirigir-se ao sofá da sala. Ao levantar-se, a cabeça girou, sentiu uma forte dor no peito, a voz não saiu. Não conseguiu chegar ao sofá, caiu antes, no tapete da sala. Ela sabia que precisava agir rápido, tentou encontrar seu *bip* de alarme na corrente em volta do pescoço, mas a mão não obedecia; apavorou-se. Era uma dor horrível, pior que um parto. A angústia só teve fim quando sobreveio a inconsciência, como uma última bênção. Passou da inconsciência à morte. A música que tocava na FM soava alto e forte: era o *Dies Irae* do *Réquiem* de Verdi.

Jeanne continuava pensando em Jessica e podando as uvas. Com um gesto automático, ergueu a mão – talvez um pouco alto demais, ou rápido demais. A mesma dor que era sentida naquele mesmo instante por Jane e Jessica apertou-lhe o peito, turvou-lhe a vista, fez que perdesse o equilíbrio e caísse. Ela teve tempo de sentir aquele cheiro único, quase enjoativo, de uva madura no chão. Sabia perfeitamente que estava morrendo, sentia aquela dor forte, mas agüentava. Morreu sorrindo, saboreando o cheiro da uva macerando na terra e escutando o *Lacrimosa* do *Réquiem* de Mozart, cantado pelas crianças da velha escola da rua.

Morte é morte, pouco importa se aqui, ali ou acolá. Morte dói, se não no corpo, na alma. Morte angustia, apavora, dá medo. Será? Como ter certeza, antes de nossa própria morte? Será que a morte, aquele último instante, seja ele como e quando for, não reflete bem toda uma vida?

Foi assim com Jeanne, Jessica e Jane. O destino programou para elas uma morte igual: mesma idade, mesmas condições... Só não pôde programar reações: uma ficou nos sentidos, outra na expectativa, outra no sentimento. Uma ficou no presente, outra no futuro, outra no passado, até o último instante. Belas mortes, daquelas que tanto quereríamos ter, que tanto quereríamos merecer. Ou poder construir.

8

LUGARES, CHEIROS, SABORES

Rio de Janeiro, 2000

Era uma manhã de inverno carioca. Pouca gente na praia, apesar da temperatura amena; o dia estava cinzento, um solzinho coado que não dava vontade de tirar a camisa. No Caminho dos Pescadores, naquela pontinha do Leme, um jovem fazendo *jogging*, dois ciclistas, três ou quatro pescadores e uma meia dúzia de velhos aposentados andando mais ou menos rápido, segundo a forma física ou a idade.

Depois da aposentadoria, Nino havia decidido cuidar tanto do corpo como da alma. A alma ficou a cargo do centro espírita, o corpo pedia muito mais atenção: grandes caminhadas, ciclismo, natação, academia duas vezes por semana. O Rio ajudava a cuidar bem do corpo, morar na Praia do Leme era um convite ao banho de mar e a caminhar pela orla. Naquele dia, ele havia pulado o banho, mas caminhou muito mais e até tirou o abrigo de ginástica, ficando de *short* e camiseta – isso ele ainda se permitia. Com o torso nu ele só ficava se fosse bem cedo, na praia ou na academia; o tempo do exibicionismo passara, ele tinha o senso do ridículo.

Cruzou com o jovem que vinha correndo, de calção e tênis prateados, camiseta preta bem justa, logo viu que era *gay*: o requinte nas cores, o corte de cabelo curto, o *walkman* bem ajustado na cintura *sexy*, até o cheiro de suor misturado com um desses perfumes da moda que não desaparecem nunca. E aquele olhar de quem domina o mundo, olhando para a frente e para o alto, aquele olhar tão conhecido de Nino, dos seus tempos de pegação na praia, nos clubes, nas discotecas, nas saunas. O cheiro de suor perfumado lembrou-lhe dos anos de sexo com risco, dos bailes do São José, das noites do Studio 54 em Nova York e do Palace em Paris, das trepações nos arbustos das praias de Taormina, de Ibiza, de Key West. Olhou para trás, o corpo esbelto e musculoso do jovem já ia longe, quanta energia!

Por que olhar para trás? Quem olha para trás vira estátua de sal, dizia Leni, seu velho amigo filósofo. Lembrou-se também de Christopher Isherwood, que dizia algo como: "Continuo vendo a beleza passar, continuo admirando-a: às vezes, até viro a cabeça para observar; só que já não tenho a necessidade de persegui-la...". Quanta sabedoria!

Se aquele cheiro havia reavivado sua memória era porque logo mais teria um encontro no barzinho da praia com o resto do trio do " 10^3 – dez à terceira" – Jorge e Ana. O nome fora inventado por Jorge quando os três, que ainda trabalhavam na aviação, baseados em Nova York, no meio dos anos 70 – em pleno delírio da liberação sexual –, estavam fazendo as contas da quantidade de gente com que transavam. Chegaram à conclusão de que já haviam passado das mil trepadas, daí o dez elevado à terceira potência. Anos depois, conversando com Jorge, que havia sido baseado em Paris, concluíram que cada um deles já havia ultrapassado o milhar.

A liberdade sexual ligara os três; porém, a amizade veio por outras razões; gostavam de arte, política, misticismo e, porque não, eram típicos paulistanos no modo de pensar, apesar de terem vivido uns tempos no Rio, pois a base da maioria dos vôos internacionais era lá.

Depois da aposentadoria antecipada, perdeu os amigos de vista. Sabia que Jorge mudava toda hora de emprego desde que saiu da aviação; no entanto, sabia muito pouco da vida de Ana. Ana Banana. Como estaria ela? Ainda gordinha?

Ana saiu do seu hotel para o encontro marcado por *e-mail* havia mais de seis meses. Com Jorge em Paris, Nino no Rio e ela em Washington, precisaram de meses para conseguir se encontrar. O único que estava aposentado era Nino – o sortudo. Ela e Jorge não podiam nem pensar em parar se quisessem continuar vivendo onde e como gostavam.

Do lado do hotel, havia uma daquelas padarias deliciosas. Ela passaria depressa; porém, o cheirinho dos salgadinhos, do pão fresquinho, do café de máquina foi mais forte. Já tinha tomado café no hotel, mas não resistiu, pediu uma daquelas vitaminas que só os brasileiros sabiam fazer direito, um pratinho com empadinha, rissole, coxinha e quibe; sorriu feliz. A primeira dentada no quibe fez voltar toda uma enxurrada de momentos felizes da sua juventude.

Reviu-se não no Rio, mas em São Paulo, no centrão, na esquina da Ipiranga com a São João, comendo quibe e *esfiha* depois do cinema, e lá estavam Jorge e Nino, discutindo o filme que tinham acabado de ver – estrangeiro, claro – e fazendo projetos de sair daquele Brasil tão atrasado, tão pobre, tão complicado de viver. Pensaram em prestar concurso para o Itamaraty; afinal, falavam várias línguas, mas ter de morar em Brasília parecia o fim do mundo, um preço muito alto a pagar para sair do país. Foi Jorge quem inventou a idéia de irem para a aviação, apesar de já estarem quase no fim dos estudos – Nino de advocacia, Jorge de arquitetura, Ana de letras.

A dentada na empadinha fez voltar à memória os aeroportos nacionais, quando ela e Nino ainda voavam juntos e nem conseguiam jantar direito, acabavam comendo uns salgadinhos no bar do aeroporto, as escalas eram tão apertadas... Sorte de Jorge, que, falando mais línguas, já estava nos vôos internacionais. Lembrou-se dos atrasos de vôos, das esperas no aeroporto, mas, sobretudo, das longas conversas com o amigo querido, tão querido que tentaram até trepar juntos, sem preconceito por ele ser *gay*. Só que não funcionou, que pena. Continuaram a ser amigos, claro, mas não como antes, principalmente depois que mudaram de escalas, e mais tarde de companhias.

Terminados os salgadinhos e o suco, veio a vontade de café e, para acompanhá-lo, ela não agüentou e pediu um pastel de nata. O pastel de nata era tão bom quanto aquele de Lisboa, e lembrou-se então dos meses passados com Jorge no Bairro Alto, naquele sobrado que alugaram juntos. Mais que uma questão de economia, era um verdadeiro projeto de vida. Apesar de trabalharem na mesma empresa aérea, pouco voavam juntos. Jorge já era chefe de cabine e na verdade poderia até ter escolhido outra cidade para se basear; ficou em Lisboa por causa de Ana. Nunca tiveram a veleidade de colocar o sexo entre eles, gato escaldado tem medo de água fria. Mas viveram juntos o desbunde português não só no sexo, mas nas artes, na arquitetura e, sobretudo, nas descobertas místicas. Com muita maconha e os alucinógenos da época, redescobriram o budismo, a terapia de vidas passadas, o grito primal, o espiritismo. E aquela fome falsa, aquele rango, fez que ela passasse muito de seu peso já alto, passou de Ana-gostosa a Ana-gordinha. Adorava vitamina de leite condensado, chocolate, aveia e banana: virou Ana Banana. Olhou-se no espelho da padaria; sempre se achara gorda, mas a maquiagem e o cabelo comprido ajudavam a afinar a cara de bolacha; o vestido longo e azul-marinho ajudava a esconder alguns quilos. Terminou o pastel de nata, olhou o relógio, chegaria atrasada. Pagou e saiu.

Jorge chegou primeiro ao barzinho da praia, só com dez minutos de atraso. Pediu uma água-de-coco com vodca, era hora do aperitivo. Que coisa boa ficar ali assim, olhando o calçadão e o mar, sentindo aquele cheirinho de praia; um presente para ele, mesmo no inverno.

Que saudade daquele lugar que lembrava praia, alegria, mas acima de tudo os amigos que tinha vindo ali para encontrar, aqueles dois malucos queridos, Nino e Ana. Nunca imaginou que poderia ficar tanto tempo sem vê-los. E por quê? Neste mundo doido, cheio de desencontros, por que acabávamos todos caindo no erro de sempre, deixando de lado aqueles que verdadeiramente amamos, nossos amigos, nossa família de verdade, aquela que foi nossa escolha?

O trio dos *dez à terceira* havia marcado época na aviação, talvez pela maneira de viverem aquela amizade. Talvez porque fossem tão unidos, provocando inveja naquele mundinho restrito no qual todos se conheciam, mas onde reinava a superficialidade, a banalidade e a mudança contínua daquele tipo de trabalho. Durante aqueles anos só havia mesmo a amizade como continuidade na vida dos três. Mudando sempre de hotel, de cidade, de país, viviam vidas em trânsito.

Jorge já estava na segunda vodca. Em geral, detestava esperar; porém, até que essa espera o agradava, era cheia de recordações. Dos amigos, claro, mas de todos aqueles países, de todas aquelas situações, de tantas, tantas mudanças. Talvez por isso fora tentado a abandonar a aviação quando Nino o fez. Talvez uma busca de permanência em algum lugar. Mas não, continuou até tarde, até conseguir um emprego numa grande operadora de turismo, achando que seria um modo de estabilizar-se, pelo menos em Paris. Porém, continuou mudando, continuou em trânsito, ainda que no mesmo país. Não se arrependia, era essa a sua essência. Essência necessita de cheiro? Foi bem o cheiro de Paris o que mais o marcou na sua primeira visita, tantos anos atrás. Foi o cheiro que ele nunca esqueceu. A vodca ajudou-o a lembrar da origem daquele cheiro.

Naquela época, Jorge viajava de outro modo. O Eurailpass era muito barato, e não se pensava duas vezes antes de subir num trem, fazendo os percursos mais loucos, cruzando a Europa de um lado para o outro. Chegando de Amsterdã num vagão quase vazio, por ser fora de temporada, teve de fumar toda a maconha antes de passar a fronteira. Dormiu a viagem inteira e abriu os olhos só na Gare du Nord, tonto de sono, mas contente de chegar. Paris seria a última etapa, já estava cansado de tantas viagens.

Aquele cheiro desconhecido entrou-lhe pelas narinas e ficou impresso em algum circuito interno, até hoje. Era o cheiro do metrô. O que seria aquilo? Combustível, ventilação, borracha das rodas...? Os outros metrôs que ele conhecia, de Nova York, Londres, Madri, não tinham aquele cheiro. Nem anos depois, andando nos metrôs de Moscou, Pequim, Rio ou São Paulo, nunca sentira o mesmo cheiro. Transformou-se no cheiro de Paris.

Chegou ao Quartier Latin e foi ao primeiro hotel indicado num velho guia do seu tio, *Europe on Ten Dollars a Day*. Era na Place de Fürstenberg; claro que já havia sido reformado e não era para o seu bolso. Foi andando pela Rue de Buci e começou a sentir outros cheiros, dos queijos, das frutas, das castanhas assadas. Era uma rua que parecia se interessar somente pela comida; na verdade, era uma grande feira. Foi sorte achar um velho hotel sem nenhuma estrela, cujo quartinho, porém, tinha ducha e privada própria, coisa rara naquele tipo de hotel.

Era tão cedo que ainda serviam café da manhã com *croissant* e pão com manteiga e geléia. Continuou curtindo só os cheiros, pois já estava mal habituado aos cafés da manhã da Europa do Norte, muito mais sortidos e generosos que os franceses. Como continuava com fome, ia sair para comprar alguma coisa no mercado quando o hóspede da mesa ao lado propôs, em inglês, dividir uma caixa de cereal com ele. Era holandês; descobriu mais tarde que chegara a Pais no mesmo trem que ele. Terminaram a caixa e logo viram que tinham muita coisa em comum, que acabariam trepando mais cedo ou mais tarde.

Que loucura! Do cheiro de Paris, ele havia passado ao pensamento erótico. Do pensamento erótico, voltou a pensar nos amigos tão ligados pela sexualidade. Começou a rir sozinho quando escutou às suas costas:

— Ficou velho e gagá? Agora deu para rir sozinho?

Ana abraçou-o por trás, feliz de rever aquele Jorge querido... Que coisa boa!

Jorge sentiu o perfume de sempre de Ana, aquele feito de folhas verdes de tomate, o perfume que tinham descoberto juntos num *duty free* da vida.

— Que delícia sentir este cheirinho... Como você está linda, que saudade, Aninha!

— Deixe de ser falso, meu amor, você é que não muda. Como consegue ficar magro comendo aquelas coisas deliciosas em Paris? E deixe de dizer besteiras, porque, depois de velha, choro por qualquer coisa. Olhe só, vou borrar a maquiagem.

Estavam felizes, sentaram-se abraçados, lágrimas nos olhos. Quase em seguida chegou Nino, ainda ofegante, e se abraçaram de verdade, nada daqueles dois beijinhos de praxe, mas aqueles beijos estalados, aqueles abraços que querem realmente fazer penetrar no outro a emoção.

Em dois minutos, esqueceram todas aquelas convenções aprendidas no exterior, começaram a falar alto e ao mesmo tempo, interrompendo-se mutuamente, misturando perguntas e respostas, passado e presente, deixando a emoção fluir livremente: "Faz quanto tempo? Foi em Nova York? E você mora onde? Com quem? Nossa, como você está bem! Lembra o Fulano? E o Sicrano? Puxa, como o Rio é lindo! Quando vocês viajam?".

A excitação do reencontro foi dando lugar às perguntas e às declarações que realmente importavam, sobre a vida amorosa de cada um, sobre as grandes mudanças, sobre os sofrimentos e as alegrias passadas. Havia tanto tempo a recuperar! De repente, Nino deu-se conta de que só Jorge bebia; correu ao bar e passou o pedido para os três; afinal, era o seu bar, na sua cidade, no seu país.

— Olhe que estou de regime – foi dizendo Ana.

— Como nós todos depois dos 30, mas hoje não vale – respondeu Nino.

Chegou o garçom cheio de pratos, croquetes, empadas, queijo frito, carne-seca, mandioca assada e uma jarra de batida de coco. Os três admiraram aquela quantidade de cores, cheiros e sabores que vinham de longe, da memória, e sorriram. Para um havia a estética do branco, do verde, do amarelo, do marrom. Para outro, os gostos e cheiros da infância se misturavam. Para outro ainda, havia a comparação dos excessos, do gelado da jarra com a fumaça dos pratos de quitutes. O instante presente era aquele que passava pelos sentidos exacerbados.

Passaram a falar mais calmamente, a olhar lá fora para poder observar dentro de cada um. Naquele momento, sabiam saborear tudo da vida e deles mesmos. Estavam felizes. Por quanto tempo? Não importava.

9
LIÇÃO DE MORTE, LIÇÃO DE VIDA

Paris, 1990

Eu tive a sorte de ter grandes professores na minha vida. Muitos me ensinaram a viver melhor; outros, poucos, me ensinaram a morrer bem. Ficarei sempre agradecido a Sophia, Danilo, Roberto, Lucila, Christiane e Marcos, grandes mestres de morte, passagem e transformação.

Sophia e Danilo me ensinaram a paciência e a aceitação de uma morte anunciada; Roberto me ensinou a preparação e a generosidade; Lucila, a "chupar o gosto do dia"; Christiane, a manter a elegância do gesto e das ações acima de tudo; mas Marcos, ah, Pai Marquito, o grande esteta que conseguiu ensinar-me beleza, dignidade e humor até o fim!

Como eu, Marcos vivia em Paris havia muitos anos. Era o maquiador favorito de Jeanne Moreau e Catherine Deneuve, que faziam questão de incluir o nome dele em seus contratos. Não era para menos: um perfeccionista, era realmente um "cobra". Já éramos amigos havia mais de dez anos, mas não nos víamos com freqüência. Seus trabalhos de *chef maquilleur* faziam que ele se ausentasse de Paris por muitos meses, e meu próprio trabalho também me levava a viajar muito; porém, quando calhava de estarmos na França ao mesmo tempo, passávamos momentos intensos, com muita risada, mas também com muita filosofia, com coisa séria. Ele era incrível, conhecia arte, arquitetura, cinema; mas, sobretudo, metafísica. Espírita por intuição, estava sempre dando conselhos, tinha seus próprios macetes, sua casa e sua cabeça estavam sempre abertas aos problemas dos outros, dos mais corriqueiros aos mais cabeludos.

Acho que nos encontramos pela primeira vez numa de suas *open houses* anuais; era um Dia de Reis e ele recebia todos os amigos e conhecidos com café, chá, bolo e romã (o mais importante) para fazer uma de suas "simpatias". Os convidados deviam chupar três sementes de romã, dizendo: "Gaspar, Baltazar, Melchior, tragam dinheiro para casa"; depois, embrulhavam as sementinhas num celofane e guardavam na carteira o ano todo para garantir a segurança econômica. O mais gostoso era prolongar a visita, encontrar gente nova, falar de tudo. E devo confessar que, desde que comecei a fazer aquela simpatia, dinheiro realmente nunca me faltou. Coincidência?

E naquela vez, quando que eu estava enlouquecido com meu vizinho do apartamento de cima, que se recusava a deixar meu encanador entrar no seu banheiro para resolver um problema de vazamento? Marcos teve uma intuição enquanto passeávamos pelo Jardim de Luxemburgo: colheu alguns matinhos ao acaso, colocou-os num pequeno envelope com o nome do meu vizinho e me fez deixá-lo no sapato, apoiar bem o pé e pensar: "Meu Deus, faça que o problema com *monsieur* Fulano de Tal se resolva para o bem de todos". Foi tiro e queda, as coisas se resolveram, não exatamente como eu queria, mas de maneira mais que satisfatória para nós dois.

De vez em quando, assistíamos a filmes juntos, e eu aprendia a ver o que se passava por trás das câmeras. O mais interessante, no entanto, eram nossas conversas sobre assuntos espirituais – sua visão da vida realmente incluía a morte. Uma vez ele me contou que sabia perfeitamente que não viveria muito, que já tinha vivido demais (não nesta vida, mas nas precedentes) e que o final seria difícil, pois as encarnações aqui pela Terra estavam chegando ao seu término – ele tinha sido prevenido pelos amigos do outro lado.

Falava desse jeito com a maior naturalidade e com todo o mundo, como se todos compartilhassem suas idéias e soubessem, como fato comprovado, que vivemos muitas vidas, que nosso espírito é imortal, que passamos por ciclos de reencarnações, que podemos nos comunicar com o lado de lá pela simples força da vontade... Imaginem o efeito dessas idéias sobre os franceses, céticos por excelência, com um gosto inusitado pelo racionalismo e pelas provas concretas!

Lembro-me bem daquele jantar com uma maioria de franceses, sem dúvida fascinados pelo personagem, porém cheios de resistências intelectuais. Depois de escutarem múltiplas histórias incrivelmente repletas de detalhes das relações entre Marcos e o outro mundo, um dos convidados, um psiquiatra, perguntou:

— Mas Marquito, se tudo isso pudesse realmente acontecer, você não acha que, com tantas universidades estudando fenômenos paranormais, já teríamos uma boa quantidade de artigos sérios que comprovassem pelo menos uma parte desses acontecimentos espetaculares?

— Sei lá, pode ser. Mas, para ser bem franco com você, isso não me interessa nem um pouco, assim como não me interessa convencer ninguém do que, para mim, é uma verdade íntima. Algumas palavras que você disse não têm a mínima significação para mim. O que é um "artigo sério" em relação a tudo isso? O que você quer dizer com "comprovar"? Será que faz sentido achar uma prova concreta, ou seja, material, de alguma coisa espiritual? E o que é um "acontecimento espetacular"? Eu acho tudo isso absolutamente natural, e não sou o único. Espetaculares mesmo são os fogos de artifício do 14 de julho aqui em Paris ou os do *réveillon* do Rio!

Entretanto, Marquito não dizia nada disso com vontade de brilhar no jantar, com arrogância explícita ou implícita. Aliás, era capaz de passar desse assunto a outro totalmente banal, como a receita do prato que estávamos comendo ou uma história simplória.

Um dia, voltando de uma viagem, encontrei um recado de Sônia, a irmã de Marcos, que havia chegado do Rio para dar um apoio ao irmão, hospitalizado na UTI. Mal desfiz as malas e saí correndo para o hospital. No caminho, fui pensando no que poderia ter acontecido. Lembrei-me de uma febre que ele tivera durante a última filmagem, no meio da África. Lembrei-me também dos seus problemas de estômago. Mas lembrei-me sobretudo de uma reunião que ele havia feito para distribuir todo o seu guarda-roupa; todos saíram com roupas incríveis e novas, achando que era mais uma de suas excentricidades ou acesso de generosidade – ele tinha a mania de dar coisas aos outros, de dinheiro a objetos. Só que, na última vez que jantamos juntos, ele me confessou que estava praticamente sem roupa, além de um blusão e de um *jeans*, pois havia já dado tudo, sabendo que ia morrer em breve, mas que devia ter-se enganado sobre a hora... Eu não levei essa conversa a sério, ou talvez não quisesse levá-lo a sério. Mesmo porque tínhamos feito tantos planos – de nos encontrar no Rio nas próximas férias, de fazer uma parte do caminho de Santiago de Compostela a partir de Vézelay, onde eu tinha uma casa; de eu ir visitá-lo durante uma filmagem para compreender melhor o processo e encontrar meus artistas favoritos...

Chegando ao hospital, acompanhei Sônia (que pouco falava francês) na conversa com o médico de Marcos, para entender melhor o que estava acontecendo. Ele nos explicou que, "com a doença que ele tinha", a infecção atual poderia ser fatal. Percebi, assim como Sônia, que se tratava da "maldita". Sem que a palavra Aids fosse pronunciada, compreendemos perfeitamente suas mazelas recentes, os múltiplos exames feitos depois da febre africana e, obviamente, a razão de nosso papo recente sobre as roupas. Como sempre, Marcos tentara nos poupar, sem mentir, ou, se quisermos ser puristas, não contando toda a verdade por pudor, para não mudar as relações existentes, ou simplesmente porque outros assuntos eram tão mais interessantes!

Ao entrar no quarto, levei um susto com a magreza, o rosto emaciado, a cor cinzenta. Mas ele estava brincando com as enfermeiras; aliás, já escutávamos os risos no corredor. Elas saíram quando entramos, e Marcos sentou-se na cama o melhor que pôde, apesar dos múltiplos tubos e fios em ambos os braços. Não parou de falar; primeiro, contando as reações das enfermeiras – "que devem pensar que estou completamente enlouquecido; contei a elas minha conversa com mamãe e outras pessoas, e elas sabem perfeitamente que não havia ninguém no quarto...". Depois, falou da comidinha insuportável, que ele conseguia suportar apenas por saber que a irmã lhe daria escondido aquelas coisas deliciosas que só ela sabia fazer – a canjinha caseira, o franguinho desossado, a *mousse* de maracujá. Durante uma hora, só falamos bobagens; até uma das sorridentes enfermeiras vir nos avisar que estávamos na UTI, que devíamos falar baixo e que logo seria hora de partirmos.

Depois de sairmos, durante o caminho do hospital ao apartamento de Marcos, fomos aos poucos trocando nossas impressões, deixamos escapar nossas preocupações, tínhamos medo do que deveria acontecer em pouco tempo; choramos juntos. Fiquei feliz de não ter viagens programadas para as próximas semanas e comprometi-me a ir vê-lo todos os dias após o escritório. Sônia passaria a maior parte do dia no hospital, fora a tarefa de resolver algumas formalidades administrativas que Marcos havia pedido. Além de nós dois, somente Nelly, sua primeira amiga em Paris, estava autorizada a vê-lo. Marcos não queria que outros amigos e conhecidos fossem sequer informados do seu estado; não queria preocupá-los, tinham outras coisas a fazer. Conhecendo seu espírito gregário, sabíamos que era um simples ato de generosidade de sua parte.

Por quase uma semana, eu saía do trabalho, passava uma ou duas horas com Marcos, depois levava Sônia para jantar em algum dos meus restaurantes preferidos e acompanhava-a até a casa. Falávamos de tudo, mas principalmente de Marcos e do desenlace, cada dia mais próximo. Era impressionante acompanhar o declínio de suas forças – a cada dia alguma função vital ia desaparecendo. Um dia ele perdeu completamente a fome, no outro dia o controle intestinal, mais tarde perdeu o controle da urina, veio a dificuldade de respirar, a tosse contínua, a fala difícil, o corpo virando pele e osso.

Um dia, quando cheguei, Sônia havia saído por uns instantes e ele estava dormindo; pensei que uma transmissão de energia magnética através das mãos (segundo ele, um passe) poderia fazer bem. Concentrando minha mente apenas no seu bem-estar, na sua saúde por um fio, na minha esperança de evitar-lhe o sofrimento, fui aos poucos percorrendo seu corpo com meu pensamento e com minhas mãos. Quando cheguei na altura do plexo solar, vi que seus olhos se abriram, arregalados.

— Paulo, que bom que você veio, mas, por favor, pare de me dar esse tipo de passe: sua energia está me fazendo mal.

Parei imediatamente, sentindo-me mal e culpado por ter feito tudo errado. Mas logo mudamos de assunto e falamos de abobrinhas pelo resto da visita: arte, cinema, política, viagens, sacanagem, tudo como se nada tivesse mudado. No dia seguinte, aproveitei um momento em que ele adormeceu, pedi ajuda a Deus, concentrei-me, não em pensamentos de energia, saúde e melhora, porém na idéia de paz, repouso e tranqüilidade. Senti que ele não dormia, intuí um sorriso naquele rosto sem brilho. Ele continuou de olhos fechados até o final de minha imposição de mãos. Mal havia acabado, ele abriu os olhos, sorriu abertamente e me disse:

— Aprendeu rápido, hem, malandro? Você é esperto, é isso aí, sim!...

O fim estava perto, eu sentia; porém, nada de conversas ligadas à sua desaparição. Dada sua profunda abertura sobre o assunto, aproveitei a ida de Sônia ao banheiro para perguntar:

— Marcos, sabe, eu estou aqui, pronto para fazer o que você quiser ou precisar. Por favor, me diga o que você gostaria de mim.

Ele pensou um pouco, o olhar sério (ou foi só impressão?), eu muito preocupado com o que escutaria, antes que ele dissesse:

— Olhe, eu sei que você tem jantado com a Sônia todos os dias, isso é ótimo, ela está tão sozinha em Paris, mas, sabe, vocês têm ido a ótimos restaurantes de pescados, e conheço minha irmã: ela gostaria mesmo é de uma boa churrascaria; será que você se incomoda?

— Claro que não, Marquito, você sabe que também gosto de um bom bife, terei o maior prazer – respondi o mais sorridente que pude. – Mas é só isso que você tem para me pedir, nada mais? Sei lá, alguma coisa pendente, colocar qualquer papelada em ordem, alguma instrução...

— Paulo, tudo está em cima, fique frio.

Porém eu insisti:

— Mas e o seu conforto? Você não gostaria de alguma coisa de casa, algum disco, perfume, manta de lã, uma coisinha gostosa da confeitaria?

— Se quiser, para você ou para a Sônia, tudo bem, mas olhe, aqui há de tudo e as enfermeiras são uns amores, passam o dia querendo me agradar. Sobretudo, meu prazer está em tudo o que estou sentindo, minhas conversas com meus guias espirituais, meus amigos, minha família... e as paisagens, as cores e luzes do lado de lá... Só sinto por você não conseguir ver; você curtiria, e, principalmente, perderia esse cagaço de tudo o que você não controla. Sai dessa, bicho; não controlamos nada, e é tão melhor assim!

Algumas frases ditas com dificuldade e ele era capaz de resumir tudo: minhas dúvidas, minha falta de confiança, meu racionalismo que lutava com meu espiritualismo, meu medo da separação, minha necessidade de tudo controlar, inclusive a morte.

No dia seguinte, Sônia me pediu que entrasse em contato com Jeanne Moreau. Marcos havia falado muito sobre ela, sobre a filmagem de *Joanna Francesa*, quando eles se conheceram no Brasil, a insistência da atriz para que ele viesse morar em Paris e se tornasse seu maquiador exclusivo, os passeios que eles faziam incógnitos pelo metrô para se inspirar nos personagens da rua, o enorme potencial espiritual da atriz; enfim, Sônia sentia que ele ficaria felicíssimo de vê-la pela última vez.

Telefonei a Jeanne, mas sabia que seria difícil encontrá-la, não sabendo se ela estava em Paris naquele dia, tendo de superar a barreira da empregada ou da secretária, imaginando se ela teria a possibilidade ou a energia para vir se despedir de um velho amigo. Para minha grande surpresa, foi ela mesma quem atendeu ao telefone, pois tinha acabado de voltar para casa, após semanas de filmagem em Moscou. Ela me escutou com atenção e, antes que eu pedisse, formulou o desejo de vê-lo imediatamente. Mesmo já tendo sido apresentado a Jeanne, sabia que ela não se lembraria de mim e fui buscá-la apreensivo de um encontro sem Marcos. Ela me esperava na entrada do prédio e deixou-me à vontade desde que entrou no carro, lembrou-se até do dia em que nos encontramos e das poucas palavras trocadas; porém, falamos sobretudo de Marcos e da grande amizade que partilhavam desde o Brasil.

Na UTI, fomos acolhidos pelas enfermeiras, mais fascinadas pelo paciente querido que pela visita do monstro sagrado do cinema. Jeanne não queria colocar a máscara e as coberturas para sapatos; contudo, fazia parte do regulamento. Abrimos a porta. Marcos estava de olhos fechados, com máscara de oxigênio e toda a parafernália. Com muito cuidado, uma das enfermeiras tocou no seu braço e lhe disse:

— Seu Marcos, olhe quem veio vê-lo, é uma surpresa.

Mal abriu os olhos, pediu que lhe tirassem a máscara para ver melhor, abriu o maior sorriso e disse naquela voz quase inaudível:

— Jeanne, meu amor, você veio... Meu amor, meu amor, você aqui...

E Jeanne, jogando-se literalmente na cama para abraçá-lo e beijá-lo por todo o rosto, sem nenhuma repressão, repetindo naquela voz grave dos seus anos maduros:

— *Amour... amour... mon amour...*

Foi a única vez que vi lágrimas no rosto transbordante de alegria de Marcos, e ver Jeanne cobrindo-o de beijos e secando suas lágrimas transformou-se na sua melhor cena, de todas as imagens que guardo dela. E não havia nenhuma representação, tudo era bem real e sincero. Continuaram juntinhos, como dois namorados de sempre, a relembrar situações e amigos comuns. Sônia e eu saímos para um café inexistente; também chorávamos e queríamos deixá-los a sós. Quando voltamos, eles continuavam de mãos dadas; porém, rindo como crianças. Despediram-se como se nada houvesse acontecido, fazendo planos de encontros próximos.

Já na rua, Jeanne comentou a tristeza de passar os últimos momentos num leito de hospital e as medidas de higiene, agora inúteis, que só serviam para colocar barreiras entre as pessoas. Mas estava totalmente convencida, como eu, de que Marcos não sofria absolutamente nada, estava como que anestesiado, um presente do lado de lá ajudado por uma cabeça incrível do lado de cá. Ela não poderia vir no dia seguinte, tinha compromissos inadiáveis, mas pediu para vir comigo dois dias depois.

No dia seguinte, Sônia chamou-me à tarde; eu estava fora e ao voltar telefonei ao hospital. Soube que Marcos tinha entrado em coma e que seguramente não passaria daquela noite. Chegando lá, fui direto falar com a enfermeira. Ela confirmou que ele não duraria muito e disse que o desenlace poderia se dar na madrugada; deveríamos sair e comer para poder enfrentar momentos muito difíceis. Como Nelly também estava lá, pedi que ela e Sônia fossem jantar: eu ficaria no quarto com ele.

Ao lado da cama, peguei naquela mão magrinha, fiz como se ele estivesse me escutando, pois estava seguro que estava, e comecei a falar em voz alta, meio conversa íntima de velho amigo, meio prece improvisada. Lembro-me de alguns fragmentos:

— Você se lembra da exposição de Fragonard, que tanto lhe serviu para os filmes de época? E daquele dia em que fizemos a mudança do Robert, e daquele jantar improvisado de Natal? E daquela sua invenção tão simples para dar mais realismo a um rosto ensangüentado? E a visita de Jeanne ontem, foi legal não? Tenho certeza de que ela está conosco agora, mas também seus guias, seu anjo da guarda, disso tenho certeza. Você está tão bonito, Marcos, seu rosto tão calmo... Agradeça a Deus. Você fez tantas viagens, conheceu tanta gente linda, transformou tantos personagens, fez filmes tão bons... Este filme agora parece que está acabando e...

Eu sabia perfeitamente o que deveria dizer naquele momento. Havia chegado a hora; porém, não conseguia sequer formular o pensamento, me parecia impossível pensar "você pode nos deixar, você já fez tudo o que tinha de fazer, deixe de sofrer, vá em paz".

Chovia e fazia frio naquela noite de outono em Paris; olhei pela janela e vi os vidros cheios de pingos d'água correndo, como as lágrimas que persistiam em lavar meu rosto. Tive certeza de que Marcos me escutava, de que esperava minhas palavras. Então, segurei aquela mão, olhei bem aquele rosto e comecei a dizer:

— É isso aí, Marquito, descan...

Não consegui terminar o "descanse em paz". Senti que sua mão apertava a minha, que seu rosto se crispava numa pequena careta, como se ele tivesse sentido uma leve picada de agulha de injeção. Entre o "n" e o "s", Marcos passou para o outro lado, como se não fosse necessário que eu dissesse aquilo que ele precisava escutar, pois ele lera aquele meu pensamento que o autorizava a partir em paz. Algum equipamento ao qual ele estava ligado começou a fazer bipe – vi que havia uma linha contínua na tela de controle. Quase imediatamente, uma enfermeira e um médico entraram no quarto, fizeram um exame sumário e confirmaram o falecimento. Pediram que eu saísse do quarto por alguns minutos, precisavam desligar os aparelhos, prepará-lo para o necrotério.

Saí num estado de êxtase. Uma enfermeira trouxe-me um café, disse-me umas palavras de pêsames e começou a chorar. Eu, ao contrário, fui ficando cada vez mais calmo, consegui até consolar a enfermeira.

Fiquei esperando Sônia e Nelly na entrada do pavilhão. Elas compreenderam que Marcos tinha morrido e a primeira reação de Sônia foi dizer:

— Ah, que pena! Ele não me esperou, foi sem se despedir de mim...

— Nada disso, Sônia – tive a presença de espírito de responder. – Marcos preferiu poupá-la, você estava exausta; mas não se preocupe, ele não se foi sozinho, eu estava lá segurando a mão dele, não houve nenhum sofrimento, pode ficar tranqüila.

As horas e os dias que se seguiram continuaram a me provar que até a morte pode ser vivida completamente, pode ser compartilhada, pode e deve provocar emoções e sentimentos profundos, dando uma outra dimensão de vida não só àquele que parte, mas a todos aqueles que aceitaram partilhar um momento maior, pleno. Por incrível que pareça, fui invadido por uma grande sensação de bem-estar nos dias seguintes, aprendendo a sentir meu amigo Marcos presente de uma outra maneira, nostálgica, porém nada triste. Cada acontecimento relacionado com sua partida foi uma lição nova, cheia de amor.

Foi bom tê-lo visto logo após a morte, já liberado de todos aqueles tubos, coberto com um simples lençol, o rosto e a postura elegante de um sábio em meditação profunda, a própria imagem de um desligamento digno.

Após uma linda cerimônia de cremação, fizemos aquele passeio sempre adiado durante sua vida: fomos a uma bela e isolada colina perto de Vézelay, na minha Borgonha de adoção, para dispersarmos as cinzas nos arbustos que rodeiam uma capelinha secular. Ele só havia pedido que suas cinzas fossem jogadas "em algum mato", e achamos que aquele lugar tão simples e sem frescuras seria sem dúvida aprovado por ele.

Foi emocionante esvaziar seu apartamento, selecionar umas poucas coisas especiais para os amigos íntimos: um pequeno Buda de prata, que ele carregava consigo por toda parte, para Jeanne; seu cachecol predileto para Catherine; a coleção de todos os filmes em que ele havia trabalhado para sua irmã. Eu fiquei com alguns estudos de maquiagem e uma fita do único filme em que ele apareceu, fazendo seu papel predileto: *chef maquilleur* de uma grande atriz.

Os presentes que ele nos deixou continuaram a chegar durante as semanas e os meses posteriores; continuamos nos vendo como "os amigos do pai Marquito", mantivemos a tradição da *open house* no Dia de Reis, espalhamos em outros círculos aqueles seus conselhos de vida.

Quanto a mim, mesmo após todos esses anos, continuo utilizando suas superstições, suas dicas, sua filosofia. Mais que isso, continuo tentando fazer mais uso de minha intuição, deixando de lado um pouco e cada vez mais meu controle racional. Consegui até aplicar algumas de suas lições no acompanhamento de outros que partiram mais tarde – alguns bem, outros mal. Sinto-me mais preparado para minha morte. Continuo com medo, mas não pânico. Sei que progredi muito, e como agradeço aos meus mestres de vida e morte por isso! Mas tenho ainda um caminho a percorrer.

Eu chego lá, amigo!

10

CIDADE E CAMPO

Paris e Vézelay, 2010

Era seu terceiro país naquela semana – Brasil, Estados Unidos, França – e Jorge nem contava mais as baldeações entre os aeroportos de Rio e São Paulo, Nova York e Washington, Lyon e Paris, o tempo passado nas alfândegas, nos controles de passaportes, nos corredores, nas filas de embarque, nos atrasos dos aviões, nos táxis entre o aeroporto e a cidade... Mas era fim de semana, logo chegaria a Paris, a aeromoça já tinha pedido para apertarem o cinto. Bastava pegar o carro no estacionamento e em menos de duas horas estaria em sua casa de campo.

"Eu quero uma casa no campo..." Quando ele era jovem, o único encanto dessa música era a voz sofisticada, tão urbana, de Elis Regina.

"Quem te viu e quem te vê, Jorge", diria seu pai. "Pensar que, quando criança e adolescente, você detestava passar férias na fazenda, só existia praia e gente, muita gente. E quando, recém-formado, teve de escolher o primeiro emprego, só lhe interessaram as propostas que o obrigassem a uma vida agitada, de cidade em cidade, de aeroporto em aeroporto. Por que você não entrou de uma vez na aviação? Afinal, viver essa vida de cigano, sem parada, para que tanto estudo?" A mãe prenunciava: "Vai acabar sozinho. Não há mulher que agüente acompanhá-lo em tantas mudanças".

Dito e feito. Jorge não conseguiu ter uma vida estável, mulher e filhos – ainda bem que não lhe faziam falta. Eterno *playboy*, vivia num círculo privilegiado de pessoas que acabavam se cruzando nos aeroportos, quase todos marginais da sociedade dita certinha – executivos de multinacionais, artistas, diplomatas, consultores, muita gente rica e brilhante, mas, sobretudo, poliglota, superinformada e superestressada. Muito mais homens que mulheres, jovens ou maduros, sempre na moda, quase sempre solteiros, *gays* ou divorciados.

Jorge foi dos primeiros a sair do avião. Passou pelas formalidades, pegou logo o carro, chegou rápido à estrada, mas só se lembrou de afrouxar a gravata no pedágio, depois de ter escutado todas as mensagens do seu celular e de ter colocado seu disco favorito, *The Koln Concert*, com Keith Jarret ao piano. Foi se acalmando, foi chegando à terra depois de tanto tempo no ar; os subúrbios de Paris ficaram para trás, e começou a encher os olhos com os campos, as florestas, a ausência de painéis publicitários.

"Como a vida é gozada, como a gente muda", pensou. "Há não muito tempo, se alguém me perguntasse onde queria morar, eu responderia, sem pensar, que pouco importava, desde que houvesse um aeroporto internacional. Hoje, moro num lugar onde não há nem cinema, nem loja, nem padaria, quanto mais aeroporto."

Um rio com uma velha ponte de pedra à esquerda, uma casinha de campo bem longe à direita, céu azul lá em cima e a estrada quase vazia; fora de temporada, os turistas já começavam a rarear. O carro de Jorge poderia ir muito mais rápido, mas ele mantinha uma velocidade razoável de 120 km/h, só ultrapassando o caminhão ocasional; era como se ele quisesse fazer durar a viagem, curtir a paisagem campestre para lavar o cérebro de todas as caretices de cidade grande.

Que caretice? Tudo aquilo não era a sua vida? Os clientes, os bancos, os escritórios, as fábricas, as agências, os almoços de negócios, as convenções? Os teatros, os cinemas, os museus, os cruzeiros, as salas de ginástica, as saunas? Os cartões de crédito, as BMWs, as gravatas Hermès, os ternos Armani? Jorge sorriu de si mesmo, mudou de disco – música de discoteca, para levantar o astral.

Donna Summer fez que ele lembrasse daquela época em que os dias agendados à perfeição terminavam nas noites gostosas do Studio 54 de Nova York ou do Palace de Paris, com muita cocaína para poder dançar, trepar e estar em forma para a primeira reunião da manhã. Milagre que escapou da Aids e que o coração e o nariz resistiram àqueles vinte anos de loucuras matutinas e noturnas. As férias em Capri, Saint-Tropez, no Rio ou em Los Angeles não eram para repousar – como é que seu corpo agüentou? Ginástica, plástica, melatonina, DHE? Dieta, estação de águas, massagem, meditação transcendental, análise? Jorge chegou a rir quando pensou naquelas manias todas, mas a verdade é que era um sobrevivente; alguma coisa devia ter funcionado, não podia negar. Colocou um disco clássico, música de câmara; isso costumava deixar sua cabeça em ordem, sobretudo se tratando de Mozart ou Beethoven.

Com Beethoven, em especial no movimento rápido, colocou a razão para funcionar, como gostava, como tinha aprendido a fazer na escola e na universidade – tudo muito planejado para dar certo. Cada toque do violino tinha o dom de mostrar-lhe que a vida era assim, com muitas notas ordenadas numa partitura, seguindo ritmos que se aceleravam para chegar certamente a uma conclusão bem-feita, como a maior parte de seus relatórios, de suas conferências, de suas negociações. Quantas fusões de companhias, quantos fechamentos de contratos, quanto dinheiro fizera para os seus clientes! Não podia se queixar da remuneração, sempre tinha ganhado bem na sua vida, mas vamos ser francos, não havia comparação com as fortunas que fazia ganhar aos outros. Não lhe desagradava colocar sua cabeça à venda: ela estava lá, funcionava, dava certo. E sempre soube usufruir os negócios bem conduzidos, as grandes recepções de fechamento positivo do ano fiscal, as festas de lançamento de produtos, cruzeiros organizados, teatros, museus e exposições dos mecenas das artes. Durante muitos anos, praticamente só essa parte do seu cérebro foi estimulada, pela matemática, pela física, pela geometria, por Bach e Beethoven.

Ele pulou algumas faixas e chegou a Mozart; aquele adágio era poesia pura, fez seu coração bater mais rápido. Tinha passado a apreciar Mozart muito mais tarde – há pouco tempo, para dizer a verdade. Há pouco tempo começou a sentir que tanta organização, tanta razão, tanta pressa lhe davam cada vez menos prazer, deixavam-no com vontades e desejos insatisfeitos, sem saber bem o que, como e por quê. A satisfação do trabalho e do prazer levados ao extremo, a busca do alto nível das coisas e das pessoas, o cultivo dos valores de uma vida passada "na pista veloz da esquerda" significavam excesso, desperdício; faltava algo, justamente porque ele queria muito, queria o melhor, queria tudo. Começou a gostar dos pequenos grupos, a ver comédias, cozinhar, ler poesia, fazer a sesta, escutar música romântica, sentir Mozart.

Foi talvez por isso que acabara comprando aquela casinha num vilarejo escondido no meio da Borgonha, ele que não podia sequer passar um fim de semana na casa dos tios de Campos, que nunca aceitara aqueles convites para passeios campestres, piqueniques, almoços ao ar livre em nenhum dos lugares onde vivera, em nenhuma estação do ano. Mesmo quando foi obrigado a ficar em repouso por causa da perna quebrada, fugiu depois de alguns dias daquela clínica suíça – quase enlouqueceu de tanto silêncio, quase se asfixiou de tanto ar puro. Nada como um dia após o outro, nunca diga desta água não beberei, sabedoria de vovó funciona.

Havia já saído da auto-estrada, chegou àquela estradinha bem secundária, passou o túnel antigo e sentiu que estava entrando na sua paisagem. Depois de tantos anos procurando por todas as partes do mundo, Jorge encontrara seu cenário ideal. O que aquele céu, aquele ar, aqueles campos, aquelas colinas, aquelas árvores tinham de diferente de tudo aquilo que ele havia conhecido? Ele que nunca soubera apreciar o céu de Brasília, o ar da Grécia, os campos da Irlanda, as colinas de Minas, as árvores da Itália, por que tinha ficado seduzido justamente por aquela paisagem no meio da França? Alguém que tinha tão pouco que ver com aquele país, fora o fascínio quase obsessivo pela Cidade-Luz? E por que trocar Paris, Nova York, Roma ou Rio por aquele lugar longe de tudo e de todos?

Riu-se das reações dos amigos quando viram sua casa pela primeira vez:

— É bonito, mas você não acha um pouco isolado?

— Sabia que você era louco, mas nem tanto; você não dura aqui nem um mês, caia na real!

— Você não acha que a casinha precisa de uma boa reforma?

— E onde você faz suas compras?

— E este descampado no inverno, Deus nos livre!

— Você viu o jeito dos seus vizinhos?

Nenhum deles voltou. Continuam amigos, mas nos lugares de sempre – os lugares deles, que Jorge passou a freqüentar cada vez menos. Então, pouco se vêem, às vezes se telefonam, às vezes se cruzam, mas têm cada vez menos a dizer. Ele não se importa. Sobraram alguns amigos fiéis, mas esses se contam nos dedos de uma só mão.

A estrada passava por antigos vilarejos, por grandes vinhedos, cruzava a ponte de um pequeno rio que a ladeava; pouco depois de uma curva, ele avistou sua montanha mágica, o imponente monastério medieval, única coisa conhecida na região, e logo abaixo, a igrejinha antiga e despojada, as casinhas de pedra, a nogueira no meio da praça e pronto, já avistava sua casa, pouco diferente de todas as outras, com seu alpendre, suas espessas paredes de pedras claras, típicas do lugar, suas janelas pequenas para proteger do frio e do calor, para guardar a intimidade dos habitantes.

Ia sair do carro para abrir o portão da garagem, mas o vizinho já estava de plantão na casa ao lado e fez questão de abri-lo para ele. Comentou que o fim de semana seria frio, mas ensolarado, que seu cachorro estava morto de saudade, que a mulher guardara para ele a geléia de amora recém-feita, perguntou de que parte do mundo ele estava voltando naquele dia. Jorge sentiu-se acolhido, sentiu que aos poucos estava chegando àquilo que realmente queria naquela fase de sua vida.

Do lado de dentro do portal, já se via o jardim do fundo, a grama viçosa, a nogueira, a macieira, a pereira, os tufos de lavanda, as hortênsias ainda floridas e o pequeno canal de pedra, com a água correndo e cantando, a razão principal de ter comprado aquela casa, seu maior fascínio. Jorge mal tirou as coisas do carro, sentou-se no banco à beira do canal e ficou esperando o sol se pôr.

O fim de semana chegando, sexta à noite, sábado, domingo, e segunda ele teria de voltar a Paris, mas seria uma semana calma, sem viagens. Não queria pensar na semana, nem nos planos, nada de organizar, só curtir aquela vida de sensações, esquecer a razão, deixar de pensar e viver o momento.

Os latidos do outro lado do jardim eram do Gerúndio, seu querido *cocker*, e lá vinha ele correndo, com os orelhões balançando, a língua pendente, ofegante de felicidade. Por mais bem tratado que fosse pelo vizinho durante sua ausência, ele não agüentava de vontade de saudar o amo adorado.

O sol estava se pondo por detrás da colina dos vinhedos – quem disse que o mais lindo pôr-do-sol era o do lago de Brasília, o da savana africana ou o do Cabo Sounion, na Grécia? O melhor pôr-do-sol era o que vivenciava naquele momento, sentado num velho banco de pedra, ouvindo o murmúrio da água e acariciando seu cachorro.

— O senhor poderia levantar o encosto do seu assento, por favor? – disse a aeromoça, tocando levemente o ombro de Jorge, o suficiente para acordá-lo.

"Bom, o agente imobiliário deve estar me esperando no aeroporto", pensou ele. "Não posso deixar escapar esta casa de campo. É um pouco cara, mas a cidadezinha é tombada pelo patrimônio histórico, não existem mais casas desse tipo, é só ver as fotos, a colina, o riacho, as árvores... 'Eu quero uma casa no campo...'"

11

PERSONA

Algum lugar, alguma época

Sabe-se lá por que razão, isolaram-se da festa, não ouviram mais os ruídos, ignoraram o cenário. Estavam sós. Estavam ou eram? Não escolheram nem o lugar nem a hora. Ele e ela, sem nenhum motivo aparente, encontravam-se face a face: ou, mais precisamente, lado a lado.

ELE: Tenho medo da minha feminilidade.
ELA: Tenho medo da minha masculinidade.
ELE: No lugar de onde venho, os homens são homens, são fortes, decidem, fazem a lei. Eu aprendi a ser assim, como me disseram. Enfim, não sei se aprendi; porém, tentei. Se não aprendi, deveria ter aprendido, nunca me mostraram alguma alternativa. Meu pai era assim, e eu o respeitava;

mais que isso, admirava-o, queria ser como ele. Era estimado por todos, pelos amigos, pelos irmãos, pelos colegas. Minha mãe também o amava, como todas as mães amam todos os pais – pelo menos sempre achei que deveria ser assim.

ELA: Na minha terra, as mulheres eram doces, tinham a pele e o perfume doces, o que é que você acha? Eu sempre tive a pele doce e suave, sempre gostei de mantê-la assim. Se pudesse, tomaria banhos de leite e mel, como li nos meus livros de infância. Se pudesse, passaria horas massageando meu corpo com óleos e essências finas. A vida de hoje não deixa, mas faço o que posso. Nunca tomo sol, o sol me agride, agride minha pele. Nunca tomo banho quente; nem quente nem gelado, só morno. Nunca coloco as mãos na água da louça sem luvas, nunca. Não levanto pesos, não tenho força. Não sei correr, não gosto. Vou no meu ritmo. Gosto das pequenas coisas, das cores suaves, das crianças e das flores.

ELE: Eu já gosto daquilo que é grande, daquilo que é forte, daquilo que é rápido. Disso aprendi a gostar. Aprendi a ser o primeiro, a correr, a nadar, a pular, a levantar peso. Papai não queria saber do segundo da classe, do segundo da fila. Ainda bem que sempre fui grande para minha idade, se não, como faria? Uma vez, quando mudei de colégio, passei a ser o quarto da fila. Fiquei triste; porém, mamãe explicou que havia alunos mais velhos na minha classe, os repetentes. Nunca repeti um ano.

ELA: Nunca fui boa nos estudos, mas era a mais bonita da escola. Pelo menos eu achava. Mas todo mundo repetia isto, por que duvidar? Vovó dizia que eu era uma princesa, papai também, às vezes. Já mamãe falava que eu era sua bonequinha linda, tinha até um bolero que fora escrito só para mim, dizia ela. Minhas roupas estavam sempre impecáveis, sobretudo nas festas. Os meus aniversários eram incríveis, eram sempre festas com temas: duendes, fadas, borboletas, flores, pássaros. Como caía próximo do Carnaval, todo mundo vinha fantasiado, com cetim e lantejoulas. Ainda tenho as fotos, tenho até um filme.

ELE: Eu me lembro mesmo é das festas de Natal, dos discursos de cada um dos meus tios, da quantidade de comida e principalmente dos presentes: o trem elétrico, as peças de aeromodelismo, o microscópio, a prancha de surfe, tudo aquilo que deveria reforçar o meu papel de jovem dinâmico de boa família. Mais tarde, com a chegada da adolescência, diminuíram as festas, começaram as viagens, primeiro pelo Brasil, depois para os Estados Unidos e a Europa.

ELA: Nós tínhamos os bailes de pré-formatura, de formatura, de debutante. Vestidos lindos, cursos de dança, de maquiagem e de arranjos de flores. Acabei fazendo o Normal, é mesmo escola para esperar marido. E para que fazer faculdade? Meu noivado coincidiu com a festa de formatura. O casamento foi exatamente um ano depois, mal deu tempo de organizar tudo. Casei linda, linda e loira, de véu e grinalda e de branco, bem merecido.

ELE: Não sei como não nos encontramos antes. Fui a todos os bailes de formatura das primas e dos primos mais velhos, depois aos noivados, mais tarde aos casamentos. Eu era um cavalheiro muito disputado, alto, forte e dançava bem, aprendi em casa. Meninas tinham horror de homem baixo e sem ritmo. Porém, acho que casei bem mais tarde que o pessoal da minha idade. Engenharia, pós-graduação no exterior, estágios... deixei para casar quando me estabilizasse. Tive muitas namoradas, algumas até se achavam noivas por trepar comigo, mas acabei casando perto dos 30; ela estava terminando a faculdade, eu já era executivo.

ELA: Meu marido era médico, vivemos bem, tivemos três filhos, um após o outro. Não vi a vida passar, não deu tempo. Acho que fui feliz, nunca saí do meu papel, nem nunca imaginei que houvesse outro para mim: mulher romântica, esposa dedicada, mãe impecável. Ele idem, marido e pai. Amante não, mas quem disse que deveria ser? E durou o que tinha que durar, poderia estar durando até hoje se não houvesse o acidente. Morreu, virei viúva, os filhos se foram, lei da vida.

ELE: Caminhos paralelos os nossos; porém, bem diferentes. Meu casamento durou doze anos, não me pergunte como, mas durou. Sem filhos, quase sem sexo e certamente com pouca emoção, pelo menos do meu lado. Mas ela era a esposa perfeita, sempre à altura no cuidado da casa, das festas, das representações. Não sei o que fazia durante todo aquele tempo livre, mas não creio que tivesse outro homem. Dizia-se sempre muito ocupada, por isso nunca trabalhou, não precisávamos de dois salários. Eu viajava o tempo todo, ela só me acompanhava se houvesse uma necessidade social e isso era limitado. Nunca deixei de ter amantes, acho que ela devia desconfiar; porém, não parecia se incomodar, nunca houve cenas de ciúme. Por que nos separamos? Tive vontade de aceitar um trabalho fora (no exterior), ela não queria sair do Brasil. Só assinamos o divórcio há pouco tempo, quando ela resolveu casar de novo. Se não somos amigos, pelo menos não nos tornamos inimigos.

ELA: Eu não suportava a solidão e muito menos o papel de mãe colada à vida dos filhos e netos. Fiquei muito mal, e ninguém conseguia me tirar daquela crise, nem família, nem amigos, nem psiquiatra, nem religião. Como saí

dela? Um incidente, dos mais bobos, um incidente econômico. Entre maus investimentos, mudanças de moeda e
inflação, acabei ficando pobre sem me dar conta. Mesmo
vendendo tudo, a aposentadoria não me deixaria seguir vivendo sem outra fonte de renda; tive de procurar trabalho
e mudar para um apartamento menor. Foram justamente
o emprego sem graça e o apartamento ridículo que me
tiraram da crise.

ELE: Eu não cheguei sequer a ter uma crise, continuei vivendo,
do mesmo jeito, rico e forte, trabalhando, trepando, rindo.
E, sobretudo, tendo sucesso. Casado ou descasado, pouca
diferença fazia. Não, não houve crise, houve somente uma
idéia provocada por uma lembrança, um dia, assim, sem
mais nem menos.

*Parou de falar. Pela primeira vez, olhou-a bem nos olhos, sor-
riu. Ela entendeu o olhar, retribuiu o sorriso.*

ELA: Continue. Forte, trabalhando, trepando, com sucesso. Coisa de homem.

ELE: Até aí, pelo menos. Até o dia em que fui visitar minha última tia ainda viva, numa casa de repouso do interior. Faz
pouco tempo.

*Ele se levantou, deu alguns passos, foi até a janela, retor-
nou. Ela também se levantara, também havia dado passos – na
direção oposta. Ele voltou a sentar-se; porém, desta vez na cadeira dela.*

ELE: Tínhamos o hábito de visitar aquela velha tia uma ou duas
vezes por ano, na época do Natal, no Carnaval, na Páscoa,
ou quando nenhum outro programa interessante nos tives-

se ocupado o feriado. Era a primeira vez que a via sozinho e nem pensei em levar um presente; comprei umas flores na floricultura ao lado da casa. Ela estava com a televisão ligada; porém, com os olhos ausentes. Sorriu ao ver-me, mas não disse nada de coerente, nem sei ao certo se me reconheceu. Ficamos vendo televisão. Depois, levei-a para passear na cadeira de rodas; ficamos um bom tempo juntos e só saí à noitinha. Foi durante a viagem de volta que comecei a rememorar um episódio da minha infância.

Como se estivesse mais interessada pelo relato, ela voltou a sentar-se, desta vez na cadeira antes ocupada por ele. Olhava-o com simpatia, intensamente.

ELE: Eu era bem menino e estava passando as férias na casa dela. Numa tarde de chuva, eu estava sem ninguém com quem brincar. Ela pegou um livro e leu-me a história de Bambi. Devo ter feito alguma interpretação errada do texto, pois em algum ponto achei o relato muito triste e comecei a chorar sem parar. Ela tentou consolar-me; porém, eu continuava chorando, envergonhado, pois sabia que homem não devia chorar. Lembro perfeitamente que ela me deixou continuar e explicou que o choro às vezes faz bem, que todos deveriam chorar de vez em quando. Gozado ter lembrado aquele episódio aparentemente sem importância; no entanto, a partir daí, passei a relembrar outros momentos de tristeza afogada, de sentimentos reprimidos, até de situações evitadas para manter minha imagem de macho. Parei o carro na beira da estrada, olhei para a Lua e chorei, sem saber direito por quê. No começo, talvez porque sentisse que era a última vez que veria minha tia, ou talvez pela culpa de não tê-la visitado mais vezes. Depois, por mim mesmo, por tanta emoção que eu havia reprimido, por tantos livros e filmes não vistos, por tanta gente deixada para trás por não ser suficientemente alegre, positiva, para cima!

ELA: Quando passei a trabalhar, começando por baixo, sem escolha, tive de fazer das tripas coração. Percebi que aquele era outro mundo, onde doçura e suavidade não tinham vez, só para a secretária, e olhe lá. Mas o papel de secretária não me convinha; retomei estudos, mexi pauzinhos, fiz cursos, passei em concursos. Demorou, mas consegui ser alguém, pela primeira vez, por mim. Até meu físico passou a destoar da minha nova pessoa. Passei a fazer esforços, fiz regime, ginástica, perdi minhas formas arredondadas, cortei o cabelo, mudei de cores, mudei de roupa, mudei de casa. Arranjei um amante, troquei por outro, agora só tenho pequenas aventuras; é por isso que estou aqui, hoje, no meio de tanta gente desconhecida.

ELE: Voltei a rever antigos amigos, deixei de lado os conhecidos, os colegas, as relações por interesse. Tudo que parecia racional perdeu importância; deixei-me levar pela intuição. Faço longas caminhadas, não pelo exercício, mas pelo prazer de me deixar invadir por aquilo que não conheço – pela natureza, por exemplo. Planejo cada vez menos, faço poucos cálculos. Alguém me convidou para esta festa na última hora. Vim sem saber por que, assim como não sei por que acabamos nesta sala.

Passou a olhá-la, sentiu seu sorriso.
Acabou sorrindo também.

ELA: Eu já sabia. Eu queria você. Sem medo da minha masculinidade.

ELE: Eu não sei nada, nem quero saber. Aceito minha feminilidade sem medo.

Apertaram as mãos, felizes.

12

PESQUISA DE AEROPORTO

Dos anos 50 até hoje

Quando éramos crianças, em São Paulo, ir ao aeroporto era um programa. Aliás, ir ao aeroporto sempre foi programa para brasileiros, como "ir à cidade", "ir à praia" ou, atualmente, "ir ao *shopping*".

Ir ao aeroporto era um programa muito especial. Ia-se para buscar ou levar alguém – "Vamos acompanhar Cidinha ao aeroporto?" –, para ajudar a carregar as malas, tomar um café de máquina, dar uma olhada nas lojas, ver os aviões, ver o pessoal chegando – "Olha como estão vestidos, que frio devia estar fazendo lá!" – e, sobretudo, sentir de perto um clima de viagem, de coisa estrangeira. Se todo o resto mudou um pouco desde que viramos globais, a vontade de pegar um cheirinho de aeroporto não mudou.

Minha descoberta de aeroportos foi em Congonhas mesmo, um local que ainda hoje me fascina. Essa loucura de São Paulo ter um aeroporto no meio da cidade sempre me impressionou, morando na Zona Sul. Por qualquer coisa, passa-se na frente do aeroporto, ele faz parte da gente. Devo confessar que, na época, o simples fato de ter uma prima que morava no Jabaquara me deixava orgulhoso e era sem dúvida a prima que eu mais visitava. Mamãe gostava de ver a irmã para aproveitar e passar na igreja de São Judas. Eu, era para passar perto do aeroporto, e sempre inventava de comprar "aquela revista estrangeira naquela banca do aeroporto", pretexto para sentir um gostinho de viagem. Devo dizer que sentia quase a mesma coisa quando pegava o ônibus para Santos ou Guarujá, o Expresso ou o Cometa, lá no centrão, antes da construção da rodoviária do Jabaquara. Mas Congonhas possuía o que eu achava ser o maior salão de bailes: foi lá que fiz minha formatura do ginásio, foi lá que tomei minha primeira bebedeira num baile de Carnaval, foi lá que aprendi a tirar sarro dançando... Como se aprende rápido!

Meu primeiro vôo para o mundo saiu de Viracopos, mas não me lembro muito bem da cara do aeroporto. Estava excitado demais para entrar naquele primeiro Boeing da Braniff, e havia a família inteira de todos os meus companheiros de viagem, pessoas que tinham vindo acompanhar a moçada. Lembro-me do aeroporto lotado com dúzias de acompanhantes para cada passageiro – só eu tinha bem uns vinte. E aquela coisa de pesar mala, dar passaporte, preencher outra ficha, abraçar a tia, que me dava 100 dólares num envelope, o padrinho, que dava mais 200 "para você se divertir", a prima solteirona, que me dava um escapulário "que protege de morte trágica", vovó, que me dava um rosário de Nossa Senhora Aparecida – "Tudo vai dar certo, meu filho", papai, que ajeitava meu prendedor de gravata de ouro, mamãe, que me abraçava com os olhos vermelhos, os amigos, que me pediam: "Lembra o pôster que te pedi", "Compra o disco que eu disse", "Telefona para Mariana, ela vai te dar todas as dicas", "Olha bem o céu de lá e vê como é diferente", "Não deixa de ver o prédio do..., a casa da..., de comer..., de escrever para a gente". Tudo isso para passar um mês numa escola americana, num daqueles famosos programas de *exchange student* de que tantos queriam participar, mas poucos conseguiam. Sei que tive sorte. Foi naquele aeroporto que senti a primeira emoção de entrar num circuito do qual não se sai antes da chegada ao destino.

Nos anos 60, os aeroportos estrangeiros eram bem diferentes de Congonhas, Viracopos, Santos Dumont ou Galeão. Miami, Nova York e Detroit tinham aeroportos que eu achava belíssimos e que mais tarde despertaram minha curiosidade pela arquitetura e pelo *design* dos anos 50, sobretudo no Brasil. Durante anos, fiquei vidrado nos aeroportos americanos, até descobrir meus primeiros aeroportos europeus e, depois, os orientais. Orly foi minha porta de entrada na Europa; lembro-me até hoje dos seus cheiros e sons. Mas numa enxurrada vieram Lisboa, Londres, Roma, Madri, Amsterdã, Estocolmo, mais retornos à América do Norte e do Sul, a inclusão da África e da Ásia. Os aeroportos foram ficando cada vez mais parecidos. Não só os aeroportos das grandes capitais, mas também os menos importantes. Mesmo assim, confesso que continuo gostando de todos eles.

Se hoje passo uma grande parte da minha vida viajando, gasto um tempão voando e, logicamente, tenho de freqüentar aeroportos. Sabendo que tempo de viagem é tempo perdido, decidi fazer alguma coisa: quanto ao tempo de vôo, tentei de tudo (ler, escrever, ouvir música, ver filmes), mas acho que o melhor mesmo é dormir, seja colocando a máscara, seja apelando para as drogas do momento: vallium, melatonina ou maconha mesmo; pelo menos faço uma coisa útil e gostosa. Mas e o tempo gasto no aeroporto? Tentar reduzir, chegando na última hora, é muito arriscado; já fiz, mas acabei perdendo o vôo. Agora, aceito a espera, mas minha natureza me fez descobrir macetes, coisas para fazer. E o que há para fazer? Numa só palavra: pesquisa. Como assim? Vamos ver.

Bom, comecei com o óbvio. Os aeroportos têm uma clientela fixa, gente que, não tendo muito o que fazer, acaba comendo, bebendo ou comprando. Minha primeira atividade, como todo o mundo faz, foi freqüentar cafés e restaurantes, mas logo vi que era besteira. Além de ser caro, acabava enchendo a cara e o estômago; depois, repetia o erro no avião e chegava ao destino enjoado ou pelo menos com azia, e dormia mal no vôo.

Claro, havia também as compras, artigos do *duty-free* em primeiro lugar. Na época em que se fumava nos aeroportos, eu comprava meu estoque de cigarros para a viagem no aeroporto da ida e fazia uma reserva de algumas semanas de fumo na volta. Aumentei consideravelmente meu consumo de cigarro com esse método, até parar de fumar. Fiz isso justamente por causa dos aeroportos, que viraram não-fumantes, convencendo-me de que fumar num cubículo envidraçado era coisa de gente louca... Já faço parte de tantas minorias, por que pertencer a mais uma? Quanto às bebidas, idem. Acabei desistindo quando vi que bebida comprada em aeroporto era malvista como presente para um amigo, como se fosse uma escapatória do verdadeiro presente, aquele que é escolhido com atenção. Mas deixei realmente de comprar bebida em aeroporto no dia em que quebrei uma garrafa de conhaque e outra de champanhe com um tropeço do carrinho de bagagem no estacionamento: não só perdi as garrafas e algumas roupas encharcadas, como tive de seguir viagem com minha bagagem cheirando a bêbedo, mesmo após a tentativa de limpeza. Quanto aos artigos elétricos, enorme besteira: acabam não funcionando direito fora do país, ou a garantia não é válida, ou a gente encosta porque não precisava da coisa comprada por impulso. Sobraram os perfumes, porém não a compra em si, mas o teste de perfumes novos: voar cheirando bem. Se, por um deslize, acabarmos comprando, ou teremos presentes que não serão apreciados pela mesma razão que as bebidas ou teremos comprado um perfume novo que não combina com nossa química e que acabará no quarto da empregada. Há ainda livros, mas só se gostarmos de *best-sellers*, senão eles acabarão nas prateleiras, lidos pela metade. E não vamos nos esquecer das revistas, aquelas que a gente nem podia imaginar que existiam fora das salas de espera do cabeleireiro ou do médico.

Conclusão: o que sobra mesmo para fazer é a pesquisa – de idéias, de cheiros, de gostos, de texturas, talvez de preços.

Mais interessante que a pesquisa de objetos é a pesquisa de pessoas e de seus comportamentos aeroportuários. Isso, fui descobrindo aos poucos, sem querer. Começou com a pesquisa de gente querendo transar, para começar bem a viagem, com clima de férias. Reparei que há muitos banheiros, como em todos os bons *shopping centers*, e, em uma hora, tempo mínimo de espera entre o *check* in e a subida ao avião, pode-se fazer muita sacanagem. Há muita gente viajando e, principalmente, muito acompanhante sem saber o que fazer, tendo de esvaziar a bexiga, e um encontro rápido é bem possível, no meio de azulejos branquíssimos, chão brilhando e cheiro de desinfetante misturado ao último perfume da butique. Quando o vôo atrasa, então é, sem dúvida, o melhor passatempo. É claro que isso é pesquisa de comportamento homoerótico, embora a quantidade de homens de terno-gravata-aliança (será que isso ainda quer dizer algo?) pesquisados – inclusive na prática –, seja muito superior à de típicos *gays* de corpinho bem trabalhado, bronzeados do sol de Ibiza ou Saint-Tropez, com a mochila de camurça combinando com a sandália de couro... Em geral, os olhares se cruzam numa butique ou livraria e o primeiro que vai ao banheiro dá um sinal bem sutil ao outro... coçando o saco ou ajustando o pau de maneira *sexy*, por exemplo. O inconveniente desse tipo de pesquisa é que só interessa a uma pequena parte da população – com exceção dos aeroportos dos grandes redutos *gays*, como São Francisco ou as ilhas do Mediterrâneo em pleno verão.

Mais universal e tão interessante quanto a pesquisa sexual é a de comportamentos culturais. Não sei se os universitários já pesquisaram nos aeroportos para tirar conclusões sobre as culturas nacionais, mas, se não o fizeram, deveriam.

Os aeroportos americanos parecem uma grande cadeia de *fast food*. Todas as comidas e bebidas favoritas estão presentes, e o curioso é que todos comem muito; parece que vão morrer de fome ou de saudade da comida americana no vôo. O consumo de comida é equivalente ao consumo das bobagens vendidas: camisetas, chapéus, suvenires. O outro aspecto é a descontração, o desejo de estar à vontade por toda a parte: as bermudas, as sandálias, as roupas de ginástica. Afinal, mesmo quando vão para o outro lado do mundo, devem ir contentes e ter certeza de que tudo o que realmente apreciam vai com eles. Por outro lado, que alegria ver aqueles sorrisos amplos, aquela vontade de dar e tirar prazer da vida, aquelas intraduzíveis palavras de chegada ou saída: *"How are you doing today?"* ou *"Good-bye, take care, have a nice day"*, nas lojas ou nos controles administrativos.

Nos aeroportos europeus transparecem menos as diferenças culturais; sobretudo agora, com a Europa cada vez mais abrangente. Mesmo assim, logo sentimos quando estamos num aeroporto francês, com passageiros exibindo aquele ar de superioridade arrogante de "nós temos tudo, nós sabemos tudo", e vemos que eles vão estocar seus produtos franceses favoritos nas butiques internacionais; não deixam de comprar seus jornais e revistas nacionais e os empregados do aeroporto (se não estiverem em greve) vão nos atender com aquele desprezo característico dos funcionários públicos. Mas as crianças são tão bem-comportadas, obedientes... Ah, que prazer voar com a Air France, a gente consegue dormir! Na Itália, é o contrário, sobretudo no sul. As crianças, em especial os meninos, fazem o que querem pelo aeroporto, são barulhentos, se divertem e como gesticulam! Em contrapartida, que elegância dos passageiros, até os detalhes são bem estudados – os sapatos, os cintos, as bolsas! Na Espanha, como falam alto, com aquela mania de dizer *hombre* a cada instante, mesmo quando falam com mulheres – será que são machistas? E a ordem, a limpeza, a organização, a tecnologia dos aeroportos alemães, suíços, holandeses, nórdicos? A gente se sente protegido, seguro... e entediado como numa sala de espera de hospital.

Temos o completo oposto nos aeroportos africanos, sul-americanos, asiáticos. Em primeiro lugar, uma insegurança no ar, um medo, nosso velho conhecido da época da repressão, no olhar dos funcionários, da polícia ou do exército, sempre presente. E os passantes locais, que não conseguimos saber direito se nos sorriem por simpatia, admiração ou para tirar uma lasquinha daqueles que, viajantes, devem ter mais grana que eles. Logo tentarão trocar dinheiro, vender algum serviço ou produto fajuto, ver se não bobeamos e esquecemos algum pacote ou bagagem de mão, com toda aquela correria. Por outro lado, que sinfonia de cores, de cheiros, de sons! As decorações feéricas, música no ar, clima de festa. Lembro-me até hoje da minha primeira descida no aeroporto de Salvador, num calor de fevereiro, com batucada e cheiro de sexo, coco e dendê. E da minha chegada a Pequim, com muito vermelho e dourado por toda a parte, grande agitação, como numa rodoviária, e gente falando alto como numa ópera chinesa.

Essa pesquisa dos grandes chavões de cada cultura, desde suas portas de entrada, acaba nos marcando mais que todos os guias turísticos; talvez porque estejamos ainda no ritmo da cultura precedente, talvez porque estejamos mais cansados e fragilizados pela viagem, ou simplesmente com os sentidos mais aguçados. O engraçado é que isso perdura, pelo menos para mim, independentemente da quantidade de idas e vindas feitas pelo mesmo aeroporto. Continuo tendo a mesma sensação de descobrir Nova York desde que chego ao Kennedy, ou Londres, chegando a Heathrow, ou voltando a Paris, onde moro há anos, ou na minha descida anual no Galeão...

Com o tempo, acabei achando que, além das regras específicas dos aeroportos, das companhias aéreas e das culturas nacionais, deveria haver também algumas regras universais de viagem. Não vou exagerar e transformar isso em leis científicas, mas como é fruto de observação repetitiva, vamos ver algumas delas.

Para começar, dado que os aeroportos estão se tornando cada vez maiores, mais técnicos, mais parecidos uns com os outros, tudo acabou ficando muito parecido. Já não conseguimos mais saber onde se compra isto ou aquilo, onde se come melhor, onde a alfândega é chata, tudo acabou ficando parecido demais.

Quanto ao famoso tempo perdido em aeroporto, a gente continua tentando, mas basta a gente escolher a menor fila para o *check in* e podemos ter certeza de que é a que vai levar mais tempo. Quanto mais apressado estivermos, mais longe parece estar o portão de embarque do balcão do *check in*. Desde que tenhamos uma conexão importante a fazer, podemos estar certo de que o primeiro vôo acaba chegando atrasado. E para piorar tudo, estávamos sentadinhos bem na frente, mas a saída do avião só se fez pela porta traseira (ou vice-versa, se estivéssemos sentados atrás...)

E as comprinhas? Quando decidimos comprar nosso perfume favorito no *duty-free*, a marca esgotou na loja ou não haverá mais tempo para comprar (e dentro do vôo, nesse dia, não vendem perfumes..). Na chegada, desde que tenhamos comprado uns presentinhos a mais, podemos estar certo de que nesse dia haverá um funcionário que não vai tolerar nem um quilo de excesso de bagagem. Sem contar que na única vez em que decidimos roubar o perfume do banheiro da primeira classe, que era justamente o que queríamos, ao voltar ao assento com o frasco meio aberto no bolso, alguém esbarrou e entornamos todo o conteúdo na calça. Que azar!

Ah, mas isto tem a ver com nosso pensamento positivo durante as viagens! Acho que não funciona. Basta pensarmos, olhando a fila de embarque: "Tomara que eu viaje com uma pessoa calma, simpática, magra e cheirosa ao lado", para que caiamos com a maior mamãe viajando com um bebê de colo ou com o gordão suado, que acaba passando a noite em idas e vindas ao banheiro. Quando decidimos comer frango no jantar, podemos estar certos que nosso querido vizinho do corredor acabou de pegar a última bandeja, acabou, só há peixe. Sem contar que, no dia em que, por sorte, passamos para a primeira classe por causa de um vôo superlotado, acabamos tendo o maior enjôo e não conseguimos comer nem beber nada. Para completar a uruca, basta termos vontade de ver um filme durante o vôo para que já o tenhamos visto na véspera, ou o vídeo enguice no meio, ou estejamos com pouca visibilidade no assento.

Quanto ao lado social da coisa, aquilo que mais nos agradava, agora os passageiros falam cada vez menos uns com os outros, mesmo nos vôos mais longos (com uma exceção: os marinheiros de primeira viagem, mas esses nos enchem o saco de qualquer jeito).

Mas enfim, se temos que enfrentar tudo isso, por que tanto fascínio com vôos e aeroportos?

Porque, pelo menos para mim, com tantos anos de vôo e equivalentes aeroportos, depois de minha primeira viagem, ainda hoje sinto aquela velha sensação de emoção, de inevitável, de incontrolável, desde que passo por aquelas portas de entrada automáticas. A sensação de escorregar numa cachoeira, como me disse Betina, a propósito do seu primeiro parto: "Você entra no hospital, meu, acontece um monte de coisas que você não controla mais, tem que aceitar". É a mesma coisa quando se chega ao aeroporto: pegar o carrinho, achar o guichê, ficar na fila, responder às primeiras perguntas idiotas da companhia, registrar a bagagem torcendo para não ter excesso, ficar esperando cheio de casacos e bagagem de mão, passar pelo detector de metal, que sempre vai apitar por alguma chave esquecida no bolso, comprar o último presente no *duty-free*, andar quilômetros até chegar à sala de embarque, esperar a hora de embarcar segundo o número da poltrona, pegar o túnel ou, pior ainda, o ônibus até o avião, passar pelo controle de identidade, cumprimentar o chefe de cabine, as aeromoças, o vizinho, tentar achar lugar para a sacola no bagageiro, apertar o cinto, levantar para dar passagem ao retardatário, escutar pela enésima vez as instruções de segurança, ir até o final da pista para aquela corrida antes de levantar vôo e... ficar muitas horas mal acomodado voando, sentindo cãibras nas pernas, até chegar do outro lado do país ou do mundo, para seguir a mesma rotina da chegada, ao contrário.

Um inevitável aeroporto na saída, outro na chegada, ambos servindo de amortecedores de novas emoções. Os choques estão do lado de lá, nos esperando: os aeroportos fazem parte de um ritual de passagem, do preço a pagar para desfrutar das novas sensações que nos esperam. Vale a pena.

13

PIERO

Época e lugar indefinidos

Como ele foi parar ali? Era como se tivesse acordado dentro daquele cemitério, mas o que estava fazendo ali dentro? Não havia ninguém por perto, ele só escutava algumas vozes, sabia que havia gente; porém, gozado, não via ninguém, o dia estava claro, ensolarado, e ele nem conhecia aquele lugar.

Não tinha medo nenhum; aliás, ele sempre gostou de passear pelos cemitérios. Lembrava-se do Cemitério do Morumbi, onde estavam os pais, do Père-Lachaise, última morada de tanta gente famosa, do cemitério onde enterraram John Kennedy, que ele visitou com a escola, do Cemitério do Araçá e do túmulo da avó, ah, e do cemitério da Recoleta, de Buenos Aires, que ele tinha curtido com aquela cantora de tangos, a louca do Piazzolla... Que estranho, era só ele pensar e ia vendo os vários cemitérios, como se estivesse lá, como se fosse um filme. Só que acabava voltando àquele cemitério desconhecido, ao mesmo lugar, que coisa pirada.

Não queria, mas parece que alguma coisa o obrigava a ver o túmulo que estava na sua frente, bem iluminado pela luz do sol forte – forte porque estava muito claro, mas ele não sentia o menor calor. Viu o nome, só estava escrito "Piero", mais nada, como se a lápide estivesse incompleta, novinha; não havia nem uma planta, a terra parecia ter sido revirada há pouco. Devia se tratar de um morto recente, não havia data; aliás, que mês, que dia seria? Devia ser um domingo, devia ser verão, claro, mas onde? Em alguma cidade de praia, ele ia sempre à praia nos verões, ele tinha nascido numa cidade de praia.

Será que era sonho? Mas que besteira, devia ter fumado algum baseado muito forte, dali a pouco ele se lembraria de tudo, ou então alguém apareceria e tudo se esclareceria. E justamente lembrou-se de que, uma vez, em Montreal, visitando sua amiga Carmen, aquela que adorava falar de coisas ocultas, tinha acontecido a mesma coisa. Eles estavam passeando juntos e, de repente, ele teve a sensação de estar sozinho, e tudo ficou estranhíssimo, foi seu primeiro ataque de pânico, uma sensação entre a morte e a loucura, que não passou nem quando percebeu a amiga de novo – inclusive, ele conseguiu facilmente convencê-la de que ambos estavam mortos, apenas não sabiam. A coisa foi tão forte que até Carmen "pegou carona"; finalmente, ela decidiu dar-lhe um beliscão e convencê-lo de que tinham fumado demais. Depois daquela vez, teve mais dois ataques do mesmo tipo. No quarto, acabou indo ver um psiquiatra que o tranqüilizou, disse que era coisa à-toa e até receitou-lhe Valium, que ele deveria ter sempre à mão e tomar logo que notasse os primeiros sinais de algum sintoma. Achou que era coisa de maconheiro, bastava comer, se entrasse em alguma viagem de horror, e aquela coisa chata passaria. Só que não havia comida à vista e ele nem estava com fome.

Não, não deveria ser outro ataque de pânico, não, ele nem tinha taquicardia. Não tinha nada de físico, nem calor, nem frio, nem dor, nem conseguia se beliscar. Também não conseguia se ver, nem as mãos, nada... Só poderia ser um sonho, logo acordaria. Pensou fortemente em acordar, mas nada feito, continuava lá. Por outro lado, bastava pensar em algum lugar para já estar lá, por exemplo, naquela rua de Montreal, via Carmen, ouvia sua voz, ouvia suas próprias palavras e tinha sensações da época, mas sem poder agir sobre elas, como se estivesse num filme; era muito louco, sobretudo voltar continuamente àquele túmulo. Tinha de parar de pensar naquela coisa, tinha de mudar de cabeça.

Nunca foi difícil mudar de idéia, mudar de lugar, mudar de pessoa. Resolveu fazer disso um jogo; começou vendo seus lugares prediletos, praias, escolas, paisagens, restaurantes, boates, casas, e pessoas, situações...

Viu-se menino, brincando na fazenda de Guararema, que o pai tinha comprado com a tia Elena para transformar em haras, o que nunca foi feito; lembrava-se de um carrinho vermelho, da peteca, do cavalo pangaré e de como a tia o mimava. Viu-se quase bebê, feliz no colo da tia gordona, viu até aquela cena antológica que havia esquecido: mijando feliz, à vontade, a urina escorrendo pelos peitos enormes e macios da tia, e ela rindo, rindo. Viu o pesqueiro rodeado de amoreiras, viu a balsa que atravessava o rio Paraíba na época de enchente, antes da construção da ponte, viu a igrejinha pintada de azul lá em cima do morro. Reviu as festas de aniversário, quando o cozinheiro Joaquinzinho se vestia de Carmen Miranda e dançava a morte do cisne como se fosse samba – era a primeira bicha que ele tinha visto na vida –, e todo o mundo ria, era festa.

Dali passou aos seus anos no Dante Alighieri, subindo a rampa do túnel no Aero-Willys do pai, à saída da escola com o vendedor de pipoca e quebra-queixo na frente do Trianon, à aula de italiano obrigatória, recitando *"addio rabbia di tempesta, addio strepito di tuoni, vanno in fuga i nuvoloni e pulito il cielo resta"* e vendo que a poesia chamava mesmo a chuva. E os bailinhos da época, sempre em algum salão em cima da garagem de algum amigo, com alguma tia solteirona verificando se as bebidas não estavam sendo temperadas com rum ou vodca e se a meninada dançava o rock direitinho, sem roça-roça e sem beijo de língua. Uma coisa chama a outra, acabou vendo-se na sua *high school* de Michigan, quando os pais tiveram de se mudar para lá; surgiram as aulas de educação física, aprendendo basquete, as aulas de banda, as *cheerleaders*, o baile de formatura tão formal e Susie, a primeira namorada.

Mas o bom mesmo eram as praias de verão, no Guarujá do Sobre as Ondas, nas praias do lago Michigan ou fazendo esqui aquático no Lago de Garda, em Capri, que nem tinha areia, nas praias repletas de águas-vivas do Sul da França, e sua primeira vez sozinho no Rio, naquelas praias cheias de malícia, que prepararam as sacanagens de Ibiza, de Taormina, de Key West. Viu-se em cada uma delas, o físico mudando, passando do magro espinhento ao bonito corpo musculoso e bronzeado das praias *gays*, às trepações sem camisinha no meio dos arbustos e detrás das pedras, e iam aparecendo os parceiros da época, Cláudio, Marco, Giovanni, John, Rick, todos lindos e gostosos, onde estarão eles? Não se fixava muito – vai ver que já estavam mortos por causa da Aids, e ele não queria atrair visões desagradáveis.

Passou em revista alguns de seus lugares de trabalho – a fábrica de motores de Detroit, a usina de Cubatão, os escritórios de consultoria de Toronto e Nova York, as universidades de Milão e de Paris, a escola de comércio que tinha ajudado a montar... Foi dando-se conta de que, afinal, gostava demais de tudo o que fazia, e fazia bem; estava sempre indo de um lugar a outro do mundo, viu-se até naquele trabalho de três meses na Argélia, naquele outro na China, até naquele na Austrália. Via seus colegas como eram na época, os chefes, as secretárias, mesmo aquelas que já deviam estar aposentadas; via-se ocupado ou bundando ou com alguns clientes, alguns alunos da escola, dando algum curso ou aula, fazendo seu teatrinho particular.

As paisagens ficavam, então, realmente vívidas, em tecnicólor e odorama. Ah, aquele pôr-do-sol em Marrakesh com Geovana e Danilo, aquele amanhecer gelado em Campos do Jordão com Nelson, aquela travessia colorida pelo Golfo do México, o Grand Canyon visto de helicóptero com Gary, o mais lindo canal da Borgonha visto de um balão com Guy, a noite estrelada num oásis do Saara com Ahmed. Até os animais apareciam nas situações favoritas: o dálmata Mancha brincando com a bola, o angorá Xuxa deitado ao pé da mãe, o pangaré Criolo comendo maçãs, as saúvas carregando folhas em fila indiana, a água-viva flutuando ao seu lado, a estrela-do-mar fazendo cócegas na sua mão, o cheiro do tigre do circo Colosso, o louro da vizinha dizendo "vem cá, Piero"... Era um filme, uma sucessão de imagens que tinham sons, textura, formas, cheiros, sabores; porém, tudo desconectado, sem ordem cronológica, nem sequer ordem lógica.

Seus quase 50 anos de vida – nossa, definitivamente estava ficando velho – desfilavam só com a vontade do pensamento; ele só pensava e tudo aparecia, se impunha, e mudava segundo alguma ordem que ele mesmo dava, sem saber por quê. Não era bem um balanço, porque não havia nem sensação de culpa nem de arrependimento. Só era, estava. Existia porque ele existia.

Tentou lembrar-se de coisas recentes, do que havia feito ontem ou anteontem, o mês passado, mas era isso o mais difícil, a noção do tempo estava toda embaralhada na sua cabeça. Ah, sim, veio-lhe à mente seu carro; sim, era recente, viu-se saindo da concessionária, experimentando abrir a capota e fechar logo porque estava frio, viu-se guiando por Paris e vendo as árvores e os prédios, sentindo o cheiro da cidade, misto de gasolina e poluição, logo em seguida várias estradas e estradinhas, onde, onde? Viu o caminhão do outro lado, viu seu carro saindo da estrada, a vala, a virada, seu pensamento de que ainda bem que o seguro era total, porque o conserto seria caro. Viu que nem chegou a pensar que também podia perder a vida, só que perdeu, morreu, desencarnou. Sem sofrer. Não sofreu nada, nem medo, que coisa boa!

Concentrou-se então, com vontade, no lugar onde estava: era seu túmulo, sim, bem como ele deixara escrito no papel do cofre para que alguém achasse; de mármore claro, sem nenhum desenho, nada de cruz, anjo ou flores. Era recente, pois não existiam plantas em volta, mas havia o seu nome sem sobrenome, o ano do nascimento e o da morte, para que os passantes pudessem fazer o cálculo e dizer: "Morreu jovem, nem tinha 50 anos". Tudo como ele havia desejado: morrer jovem e rápido, túmulo simples, sem sobrenome, só o ano do nascimento e o da morte, nada de lugar nem epitáfio. E estava naquele cemitério da cidade do seu amigo dos últimos anos, onde eles tinham curtido as últimas férias; como não percebera? Reconheceu a igrejinha, os tetos das casas, o rio e as árvores. Ficou feliz por saber que haviam respeitado suas últimas vontades, ou quase todas, pois bem que havia um epitáfio, sim, gravado em letras pequenas, em três línguas, na lápide: "VIVER INTENSAMENTE, AQUI OU ALI, DEIXANDO NA PASSAGEM SÓ A MARCA DO BOM, DO BEM E DO BELO, SEM PRETENSÃO

DE DURAR, SÓ DE MUDAR". Fazia parte de sua coleção de poemas nunca publicados. Bem escolhido; fosse quem fosse que o tivesse escolhido, havia acertado em cheio, valeu, era aquilo mesmo, um bom resumo, ele não teria escolhido melhor.

Piero agora tinha de escolher. Podia continuar relembrando o passado – havia tantos lugares, tanta gente, tanta coisa ocorrida e ocorrendo naquele planeta que ele adorava –, mas havia outras vozes, outras sensações desconhecidas, ele não sabia direito nem onde, nem quem, nem quando, apenas sentia que, se deixasse acontecer, chegaria ou estaria lá. Releu aquela frase pela última vez. Voltou-se para o desconhecido, a mudança. Havia compreendido, fizera a escolha certa. A vibração que o invadiu, misto de luz, cheiro, som, era uma sensação e também um sentimento, conhecido e desconhecido, uma invasão de felicidade pura. Deixou-se levar, sorrindo sem rosto, em êxtase.

14

PRESENTE DE NATAL

Nova York, dezembro de 2055

A árvore de Natal cintilava na tela de cristal líquido. Ocupava toda a tela, devia ter mais de dois metros de altura, era um belíssimo pinheiro nórdico. Os enfeites, desenhados por um desses estilistas finlandeses da moda, eram de cristal branco-rosa-vermelho, deslumbrantes. Cláudia acionou o controle remoto e fez aparecer na tela uma neve mais real que aquela que caía abundantemente lá fora. Que frio devia estar fazendo! Aumentou a temperatura da sala, recalibrou o nível de umidade interno, serviu-se de um *eggnog* quentinho, direto da garrafa térmica, e começou a falar. Era meio-dia em Nova York – três da tarde no Rio, seis da tarde em Paris.

Pronunciou o nome do filho e viu que o número apareceu na parte de baixo da tela.

Mais alguns segundos e escutou a voz de ressaca de Pedro:

— Quem é?

Cláudia adorava o genro, passou um tempão descrevendo a ceia da véspera, os presentes dados e recebidos, contando as fofocas recentes, antes de pedir para falar com o filho ou com a neta. Queria sobretudo vê-los; porém, Pedro ainda não havia acionado o botão da imagem – talvez estivesse pelado, barbudo ou malvestido. Ivan tinha saído com Anita, única neta de Cláudia, para comprar alguma coisa no mercado.

— Mas hoje é Natal, a que horas vocês vão comer?

Cláudia sempre esquecia que os almoços na casa do filho saíam tarde – costume de brasileiro, que ela criticava, mas que, no fundo, sentia falta.

— Como está o tempo por aí? Manda a imagem da janela, vai!

O dia estava deslumbrante, céu azul sem nuvens, muita gente na praia, corpos bronzeados, já era clima de Carnaval no Brasil. Pedro deixou a câmera percorrer a praia e aproveitou para colocar um *short* e dizer um bom-dia visual à sogra:

— Feliz Natal, Cláudia.

Cláudia aproveitou para verificar o estado do quarto depois da última reforma: a pintura refeita, os novos móveis, os quadros, e, como sempre, ficava impressionada com as dimensões brasileiras, tudo era tão grande, e tão organizado, tão *clean*!

— Puxa, Pedro, você é incrível, o quarto já está prontinho! Como você arranja tempo para fazer tudo isso com todas as viagens de vocês dois? Sabe que eu ainda não consegui instalar a nova secadora que compramos juntos quando você esteve aqui? E olha que estou aposentada! Sou mesmo uma preguiçosa.

— Que nada, Cláudia, é que nós temos uma boa empregada e um bom marceneiro. Vocês aí nem sabem o que é isso. Por que você acha que preferimos morar por aqui, com toda a inflação, com a violência, com o terrorismo? É que aqui a mordomia é um estilo de vida! Olha só, eles estão entrando em casa.

Anita estava deslumbrante com aqueles cabelos soltos, aquelas pernas tão longas, mas, sobretudo, aquele sorriso tão parecido com o do pai. Ivan também estava ótimo (quantos anos, 67 ou 68?), apesar de ter engordado um pouco... Ah, era guloso como o pai!

— Mamãe, sempre madrugadora, não sei como você consegue ter essa cara tão boa tão cedo!

— Hábito e muita maquiagem, meu filho: cinqüenta anos de vida de aeromoça, sabe o que é isso?

Pedro sorriu e pensou: "e muitas, muitas plásticas".

— Vocês gostaram do presente?

— Que presente? – os três disseram ao mesmo tempo.

— Ah, não me digam que ainda não abriram o correio...

Pedro correu para a sala e voltou com um monte de envelopes, achou o de Cláudia e passou-o às mãos de Anita. A moça sorriu, abriu o grande envelope e começou a ler: "Desta vez não quero desculpas, vocês vão ter tempo para se organizar: Páscoa na Ilha de Páscoa para a família toda". Anita tirou várias passagens de avião do envelope e mostrou-as aos pais. Pedro sorriu espantado:

— Cláudia, eu sei que você é rica, mas esse cruzeiro custa os tubos! E por que quatro cabines?

— Que pergunta! Quero que o Ítalo e o Tom venham com a gente, inclusive a nova mulher do Ítalo, que eu ainda não conheço!

Pedro sabia que não seria fácil, pois os dois filhos do casamento anterior, morando cada um em um canto do mundo, poderiam não estar disponíveis. Porém, preferiu não estragar o dia da sogra. Foi Ivan quem se antecipou:

— Mamãe, a idéia é ótima, mas você conhece a vida da gente. Tanto Pedro como eu estamos com um planejamento de viagens maluco este ano, você sabe como é nossa vida! E a Tuca, você já falou com ela?

— Vou ligar depois da nossa conversa, mas isto é problema meu. A questão é que ninguém trabalha na época da Páscoa, fora o pessoal do turismo. Até aqui nos Estados Unidos, depois das 30 horas por semana, nada acontece nos feriados; no Brasil idem, não esqueçam que eu vejo a Globo aqui em casa. Quanto à França, eles só trabalham seis meses por ano: nem que a Tuca queira trabalhar, não consegue.

— É isso aí vovó, não dá moleza. Eu quero ver todo o mundo. O último encontro que você programou foi há dez anos, eu nem aproveitei, agora eu quero, sim! Como estou vendo que vou ter uma cabine grande, posso levar meu amorzinho, não é?

— Nem precisa perguntar. Ainda é aquela italianinha ruiva ou você mudou de linha?

— Ih, vovó, você está atrasada! Mudei de linha e de gênero: agora é um engenheiro paulista, tá?

— Você faz muito bem, mude de gênero à vontade, só não mude de número, pois não quero orgia na viagem...

Todos sorriam, riam, brincavam. Ivan serviu-se de uma cerveja gelada e sentou-se ao lado de Pedro e da filha. Disse que a viagem de reunião de família era uma ótima idéia; porém, começou a detalhar os problemas de agenda. Tinha uma conferência importantíssima logo após a Páscoa, sabia que tinha de entregar dois livros para sua editora no primeiro semestre, sem contar seus clientes de consultoria espalhados pelo Brasil. Tinha também aquela cirurgia nos dentes marcada para abril, e o projeto da casinha de Campos de Jordão. Enfim, ia ser um sufoco.

Quanto a Pedro, fingindo folhear uma revista, começou também a enumerar a profusão de problemas que o telefonema da sogra tinha levantado. Teria de falar com os filhos, teriam de passar dias juntos. Não era fácil reabrir velhas feridas que só o tempo estava conseguindo cicatrizar: a ruptura do seu primeiro casamento, quando os meninos tanto precisavam dele, o suicídio do primeiro marido, a vida infernal que levaram quando ele havia tentado trazer os filhos para viver com Ivan, enfim, quantas gavetas a reabrir! Sem contar todos os distúrbios inevitáveis que iriam ocorrer na sua vida profissional.

Cláudia adorou rebater um a um todos os argumentos levantados por Ivan e por Pedro. Falar era seu esporte favorito, afinal, tinha feito vinte anos de análise para quê? Ambos acabaram concordando em fazer a viagem.

Depois, foi a vez de Anita, que, após ter mostrado o maior entusiasmo com a idéia, começou de repente a colocar empecilhos. Teria de convencer o novo namorado a vir com ela, fazer uma viagem com gente desconhecida, agüentar os filhos de Pedro, gente neurótica, tão diferente dela e da avó. Mas Cláudia foi rebatendo tudo, como faria numa partida de tênis bem jogada. Convencer os outros era realmente um jogo fascinante para ela; sentia-se mais jovem, mais dinâmica.

Após tantas vitórias, resolveu terminar a conversa, precisava ligar para a filha em Paris, antes que ficasse muito tarde.

O telefone tocou três vezes antes que Tuca o atendesse. Apesar de nunca haver instalado um telão, possuía, como todo o mundo, seu minivisor e sua minicâmera no telefone e não se surpreendeu ao ver o sorriso impecável e o rosto incrivelmente liso da mãe. Ficou até emocionada com o "Feliz Natal, *Joyeux Noël*, filhinha", que Cláudia pronunciou alegremente. Falaram durante meia hora, só de coisas superficiais – como de hábito –, evitando entrar em conflito; no fim das contas, era

Natal. Mas Cláudia não era boba; mesmo com aquela conversa bobinha, adivinhava o que se passava na cabeça da filha favorita, tão próxima da sua quando jovem. Sabia, por exemplo, que Tuca havia passado o dia dormindo, a janela e as cortinas fechadas. As festas tradicionais eram-lhe insuportáveis. Natal, 31 de dezembro, Páscoa, Carnaval, 4 ou 14 de julho, 7 de setembro, tudo besteira, tudo desculpa para o consumo de mais objetos, comidas, espetáculos, viagens, comunicações. Eram épocas de votos obrigatórios de boa vizinhança, de visitas familiares ou sociais forçadas, de trocas de falsas amabilidades. Parecia que sempre fora assim, tudo confirmava essa caretice: os velhos filmes, os velhos documentários, os livros de história estavam cheios de exemplos. Até agora, com o tempo e o espaço mais reduzidos, com a possibilidade de atravessar o planeta em alguns segundos, projetando imagens e aromas graças a esses meios tecnológicos que não paravam de evoluir. Já haviam até inventado o teletransporte, só que era tão arriscado e custava tão caro que pouquíssimos se aventuravam. Mas logo seria como com o resto: todos iriam querer experimentá-lo e aí mais uma barreira, aquela do deslocamento instantâneo do corpo, seria eliminada. E depois? Que tal se chegassem finalmente a eliminar a morte? Já estavam chegando perto – a cada duas décadas, prolongava-se a esperança de vida por mais cinco ou dez anos; os centenários de ontem acabariam virando os "milenários" de amanhã. E para que viver tanto tempo? Que cansaço! Com 70 anos, considerados atualmente o início da idade madura, Tuca sentia-se uma velha, o oposto do irmão ou da mãe, que continuavam a fazer coisas, a "inventar a vida", como diziam sempre.

Tuca continuava falando, falando. Falava como se estivesse dando suas aulas de ciências políticas, uma coisa tão antiga, tão fora de moda. Cláudia só escutando e analisando.

Talvez fosse seu caráter, talvez fosse a influência daquele velho país, daquela velha cidade. Quem, hoje em dia, ainda escolhia a França, sobretudo Paris, para viver? A velha Europa havia se transformado num enorme museu, num parque de diversões, num centro de conferências, num lugar turístico por excelência, mas impossível para se viver. As grandes megalópoles, como Los Angeles, Rio, Tóquio, Pequim, dominavam o mundo. Mesmo Nova York havia caído em declínio; só mesmo Cláudia ainda agüentava aquela cidade. Mas Paris, que loucura! Aquela cidade-museu, com suas ruas estreitas, seus velhos prédios que podiam ser lindos, mas que haviam preferido guardar a beleza do antigo no lugar de incorporar os avanços das altas tecnologias... Então, pouco a pouco, as grandes subvenções européias e internacionais serviram para preservar a arquitetura, a paisagem urbana tipo "cartão-postal" de alguns lugares específicos do planeta, centralizados principalmente na Velha Europa, como Praga, Roma, Lisboa ou a grande estrela mundial, Paris, a cidade-luz. Os antigos europeus, havia muitas décadas, tinham partido em massa para viver em outras cidades, outros hemisférios mais propícios à vida comunitária. Tudo havia ficado muito mais fácil com a nacionalidade extensível.

Depois de tanto discurso, Cláudia não agüentou e soltou:

— Acabei de falar com teu irmão; eles estão de acordo para que nos encontremos todos na Páscoa. Aliás, você não recebeu meu cartão de Natal? Mandei ontem.

Cláudia sentiu que Tuca estava pensando rápido, mas não conseguia achar nenhuma mentira imediata.

— Do que você está falando, mamãe? Que cartão? Faz anos que decidimos deixar dessas frescuras! Além disso, você sempre foi Madame Companhia Telefônica, nunca foi Madame de Sévigné...

— Deixa pra lá o cartão. Devem estar chegando hoje para você os documentos e as passagens para irmos todos à Ilha da Páscoa na Páscoa, que tal?

— Na Páscoa? Não sei nem o que vou fazer no Ano Novo, quanto mais na Páscoa... E você acha que todo o mundo vai poder vir, a começar por aqueles dois? Depois, eles têm os filhos, os namorados, sei lá...

Cláudia foi respondendo rápido às hesitações da filha, como de hábito, sem deixar margem à discussão. Tuca amoleceu, nunca tinha sido capaz de fazer frente àquela força da natureza. Cláudia estava radiante, mais uma vitória.

— A propósito, quero te ver linda nesse cruzeiro; vou passar uns dois dias em Paris antes da viagem; assim, fazemos umas comprinhas e depois voamos juntas. Faz um tempão que não vôo para a Europa, e é uma pena, você sabe; eu tenho sempre um monte de milhas disponíveis, que acabo nem usando. Então, estamos acertadas. Tchau, filhinha, qualquer coisa, a gente se liga. Feliz Natal, gracinha!

Cláudia sempre pensava em tudo; queria que tudo fosse perfeito, e aquela viagem seria. Já podia desligar. Com o controle remoto, clicou no botão "fim de programa" no alto da tela.

Sua árvore de Natal voltou a cintilar, logo depois que o programa foi desligado. "Que programa incrível! Como eles conseguiram todas aquelas imagens, aquelas conversas tão próximas da realidade? Eu apenas coloquei os endereços eletrônicos deles e o programa bolou tudo, circunstâncias, respostas, elucubrações, minhas próprias reações, assim, imediatamente... E como o programa adivinhou exatamente tudo o que eu gostaria de ouvir, de fazer, só com aquele questionário bobinho que completei em dois minutos antes de iniciá-lo? Estou boba." Cláudia serviu-se de mais um *eggnog* e continuou admirando, maravilhada, aquela cintilante árvore de Natal, que nada mais era, na realidade, que a imagem de entrada do seu novo brinquedo informático – o recém-criado programa *Presente de Natal*.

15

RUDDY

*Dedicado a Ruddy-Lou
du Domaine de Rochereau*

Casa do chefe, algum lugar, alguma época

Ele está me chamando, aqui está gostoso e fresquinho, mas tenho de ir, é mais forte que eu. Quer alguma coisa, mas seja o que for, é para o meu bem, devo obedecer, hoje e sempre.

Hoje e sempre é a mesma coisa, ontem não sei o que é. Só sei que estou feliz, ou sou feliz, dá no mesmo. Fiz bem em vir vê-lo, ganhei água fresca, sorriso e, sobretudo, carícias, bênçãos. Como sou feliz!

Meu tapete me espera, debaixo da mesinha, bem protegido, posso descansar tranqüilo; ele está bem perto: se eu esticar a cabeça, poderei tocar seu pé. Está escrevendo e ouvindo música. Minha música é o ruído do computador, ninguém escuta, mas eu, sim. E o seu cheiro, perfume divino que me envolve.

Preciso ficar aqui, é o meu dever, é o meu prazer, ele pode querer me acariciar de novo. Não disse? Ele sempre adivinha minhas vontades.

Meus olhos se fecham, minha respiração se acalma, durmo, sonho.

Que calor mais gostoso, que cheiros tão bons, que gosto de vida, e eu tenho uma teta só para mim, sinto que outros estão ao meu lado, mas há tetas e leite para todos, há a língua quente de mamãe para nos acalmar, guiar, ensinar. De repente, a luz ficou mais forte, estou vendo, além de sentir e de cheirar, como tudo é bonito, mamãe é tão grande, quem são os outros? Meus irmãos, meus tios, meus primos, algum deles deve ser meu pai; é aquele lá, não pára de olhar mamãe. O que é isso? É um paninho muito perfumado, com nosso cheiro, nos envolvendo, que coisa boa!

Já sei andar, já sei correr, já sei brincar com meus irmãos e já sei que sou o mais forte, sei que os outros me respeitam. Eles se deitam de costas quando chego perto; eu, jamais, só quando papai vem me ver – ele é tão forte! Gosto muito daquele deus e daquela deusa que me dão água e comida; a deusa às vezes me pega no colo, eu tento achar suas tetas, mas não consigo, e mamãe não me deixa mais tomar leite. Não faz mal, há tanta coisa a fazer! Há todos os bichos, os porcos, as galinhas, as vacas, os passarinhos, as borboletas. Há tanta planta, tanta árvore, tanta terra; o mundo é uma beleza.

Chegou um deus diferente. Ele veio, me pegou no colo e me tirou daquele mundo, só me deixou levar meu paninho de dormir. Eu chorei muito, mas ele me acalmou e me mostrou um mundo novo, sem cheiro conhecido, sem terra, sem bicho e sem plantas. Eu tive de aceitar, mas primeiro coloquei meu cheiro por toda a parte; urinei e defequei bastante no chão, nas paredes, nos móveis. Ele não gostou, mas eu fiz e acabei ficando dono de tudo; foi fácil. Ele aprendeu que precisava me deixar andar, cheirar e sair da casa para minhas respostas de urina e fezes todos os dias; senão, como eu poderia saber o que se passava no mundo, como poderia estabelecer meu reino, meus limites?

Ele é meu chefe, meu mestre, meu deus. Meu chefe é o deus mais sábio que existe, é o maior, é o meu deus. Ele aprendeu rápido a minha linguagem; eu fiz um esforço e fingi que aprendi a língua dele – a gente faz tudo por amor. Sei tudo o que acontece; ele pensa que foi ele quem me ensinou; eu o deixo pensar; afinal, ele é o chefe, merece.

Aprendi que o meu nome é Ruddy, em homenagem a um tal de Rodolfo Valentino, que foi um artista de cinema famoso, ouvi o chefe contar. Não sei o que quer dizer artista nem cinema, nem famoso, mas deve ter sido um grande macho, de cheiro forte e com muitas fêmeas, só pode ser isso, que honra!

A matilha da casa não é grande: há meu divino mestre, depois eu, depois elas. Uma delas é a fêmea do meu deus, mas ela não é deusa, sabe que está a nosso serviço, prepara a comida da matilha, sai à caça numa floresta que se chama supermercado e volta cheia de coisas boas para comer. A outra fêmea é mais jovem que eu, veio para casa bem pequena, mas depois cresceu; ela gosta de brincar comigo, eu também. Há ainda uma outra fêmea que vem sempre, faz o serviço de limpeza da matilha e vai embora. Ela não gosta de mim, mas eu não me importo, digo bom-dia porque sou educado, mas depois a deixo cuidar da casa e vou dormir no meu tapete debaixo da mesa do chefe. Mesmo que ele não esteja lá; mas agora ele está – sinto seu cheiro, escuto seus ruídos, posso dormir e sonhar.

Ele sempre aparece nos meus sonhos para me dar conselhos, me guiar, me acariciar. Só que nos sonhos ele se parece muito mais comigo; tem um lindo pêlo colorido; corremos e brincamos juntos; ele me ensina tudo, me explica como devo me orientar, como devo fazer para achar as coisas e as pessoas, como reconhecer o perigo, como distinguir o que é comestível do que não é, como saber se as fêmeas estão prontas para copular e se os machos são dominantes ou dominados, como atacar, como lutar, como capitular, como fugir.

Nos sonhos, me lembro dos meus pais e da minha matilha original, até daqueles deuses que não eram chefes. Às vezes, vejo coisas que não entendo, mas que acho bonitas. Às vezes, me sinto dentro das pedras, da terra, das plantas e de outros bichos; é muito bom, mas volto a me sentir Ruddy, como sou, quando acordo. Outro dia, sonhei que voava, voava e chegava lá em cima, via tudo aqui embaixo, que bonito!

A campainha me acorda, levanto rápido, preciso ver quem está à porta; o mestre é lento – abra logo a porta, venha, venha, há um cheiro de fêmea do outro lado, muito, muito forte. Ele demorou, mas veio; está contente, sorrindo, abre a porta, que surpresa maravilhosa!

Duas fêmeas. Nem liguei para a mulher, a chefa, porém ELA, ah, que coisinha mais linda, que *cocker* mais odorante, prontinha para mim! Ela me amou de cara, amor ao primeiro cheiro do meu sexo, veio logo exibir o seu, levantou bem seu rabinho para se mostrar amplamente.

Comecei a montá-la do lado de fora da porta; ela bem que queria, mas a chefa não deixou, aquela chata. Não sei o que disse ao meu chefe; porém, ele me colocou a coleira e me tirou de cima dela. Entramos, fomos para a sala. Sei que eles falavam de nós, mas pouco importava, eu só tinha focinho e olhos para ela. Meu sexo nunca esteve tão grande, tão à mostra, mas meu mestre me segurava firme, me acariciava, dizia:

— Calma, Ruddy, Zoé vai ficar aqui, tem tempo mais tarde.

Acho que era isso que aquelas palavras queriam dizer, mas o que importava era que aquela coisinha linda e loira era minha, era minha Zoé, minha fêmea adorada!

A partir daquele momento, não consegui pensar em nada mais que não fosse juntar-me a ela, pelo focinho, pela língua, pelo pêlo, pelas patas, pelo sexo. Ela, igualmente, mandava-me mensagens de amor e desejo pelo cheiro, pelos olhos, pelos movimentos. A chefa segurava firme a coleira, que coisa mais bruta, não precisava; deixe-a sair ao terraço, ela precisa urinar, não está vendo? Já não chega eu estar preso, por que prendê-la também? Olho meu mestre, dou alguns latidos, mas ele finge que não entende; deve ser alguma coisa entre ele e a chefa – o que é que eles tanto falam?

A fêmea do meu mestre veio juntar-se à matilha na sala, chamou até a empregada para trazer água fresca para nós e café para eles, que mania! Ninguém queria água, claro, queríamos trepar, trepar muito, será que é tão difícil entender? Meu chefe deu bobeira, cheguei perto dela, consegui dar uma lambida e ela não resistiu, urinou lindamente; seu maravilhoso jato dourado coloriu o tapete da sala e perturbou demais a empregada, que veio correndo da cozinha com panos, água, sabão e desodorante em *spray* – que coisa mais ridícula, colocar um cheiro horroroso sobre o perfume maravilhoso de Zoé, que acinte, que pecado!

A chefa foi embora e o mestre nos deixou à vontade; que delícia, poder trepar por todos os cômodos da casa, pela sala, pelos quartos, pela cozinha, pelos banheiros, antes que a chata da empregada nos expulsasse para o terraço e para o jardim. Depois, foram todos embora; nos deixaram livres a tarde toda, que orgia.

Se eu soubesse e quisesse contar, diria que trepamos cem vezes, mas poderia ter sido dez ou mil, quem liga? Não paramos por alguns dias, talvez semanas, talvez meses. Eu gozava dentro daquela sua vagina quentinha; ela me apertava, eu lambia e mordia suas orelhas; ela me prendia dentro dela, eu ficava lá em cima, depois descia, ficava grudado bunda contra bunda. Depois, bebíamos água fresca, corríamos, inventávamos outros jogos eróticos; ela fingia me montar, rindo e babando de prazer; depois, se jogava no chão, de costas, eu lambia seu sexo, suas tetinhas inchadas, suas orelhas por dentro, amor, amor, amor total.

No final daquela semana, ela amanheceu com menos vontade de brincar. Continuou amorosa, mas nada de se deixar penetrar. Seu cheiro ficou mais fraco e eu acabei brochando; mas não faz mal, gosto dela assim mesmo, e ela está cheia do meu esperma, eles estão lá, nadando no seu útero quentinho. A chefa veio buscá-la à tarde; senti a casa muito vazia e o pior é que o seu cheiro estava por toda a parte, mas meu mestre me levou ao parque e senti cheiros de muitas fêmeas que passaram por lá; afinal, o mundo está cheio de fêmeas querendo trepar, ainda bem.

De vez em quando, meu mestre me leva à casa de Zoé para ver a ninhada; eles são adoráveis. Zoé é uma mãe carinhosa e continuamos apaixonados um pelo outro, quem sabe daqui a alguns meses...?

Continuo sendo o rei da casa – depois do chefe, claro. Continuo comendo, brincando, correndo, sempre acompanhando a matilha. Onde moro, as pessoas nos respeitam, nos aceitam, nos querem como iguais. Não é assim em todos os lugares; um de meus amigos do parque, um labrador bem velhinho, me contou que ele morou num local onde castravam os cachorros no nascimento, ou seja, nunca trepavam. Além disso, eram obrigados a dormir numa jaula e nunca podiam ir às lojas, aos restaurantes, nem com coleira. Outro amigo da rua me contou que foi a um lugar onde até comiam a gente; acho que ele exagerou um pouco, mas naquela noite tive um pesadelo.

Sigo sonhando, todas as noites, às vezes de dia. Zoé aparece e trepamos muito em sonho, pois parei de vê-la, não sei por quê. Sou muito fiel aos meus dois grandes amores, meu chefe e ela; nunca terei outro chefe, nunca terei outra amante, tenho certeza. Que fazer? Sou assim.

Eu não mudo, mas as coisas mudam. As fêmeas foram todas embora da casa: primeiro foi-se a fêmea do chefe com a filha – um homem que não gostou nada de mim veio buscá-las um dia. Meu amo ficou triste; aliás, ele até me deixou dormir na cama dele, onde durmo até hoje, aos seus pés, lógico, pois tenho a noção de respeito bem clara na cabeça. A empregada também nunca mais voltou, seguramente graças à intervenção do meu grande deus-cão. Agora temos uma outra; ela é maravilhosamente linda e cheirosa, muito redonda e negra, e nos adora, sei disso. Faz tudo muito melhor que as outras fêmeas juntas: comida, limpeza, me leva à busca de comida na feira do sábado, me dá banho, ela só não trepa com o mestre, é uma pena, mas deve ser por uma questão de ordem da matilha, não entendo muito bem. Quando meu chefe viaja, ela me chama para dormir na cama dela, e eu vou, é o meu dever, sou muito bem treinado; porém, só fico na primeira parte da noite, até ela dormir pesado; depois, volto a dormir na cama do mestre, não posso viver sem seu cheiro sagrado.

O tempo passa e eu não sinto, mas tenho cada vez menos vontade de sair à rua e correr no parque. É bem verdade que já conheço tudo, prefiro ficar em casa. Passei a não sentir mais os cheiros de velhos amigos e amigas que urinavam e defecavam na rua e no parque; agora, recebo novas mensagens, de novos cães, para onde foram todos? Não sinto saudade, mas não deixo de sonhar com eles e, sobretudo, com ELA, minha fêmea, minha grande paixão, como ela se chamava mesmo? Esqueci seu nome, mas nunca esqueci seu cheiro.

Aprendi a gostar mais e mais dos passeios de carro. Desde que as fêmeas se foram, posso viajar no assento da frente, ao lado do mestre; posso dormir e peidar, ele não liga, só olha e diz, sorrindo:

— Ruddy, você está cada dia mais peidão!

Ele me leva para cima e para baixo, para ver seu editor, seu médico, seu dentista, seu barbeiro, seus amigos que gostam de mim, suas lojas favoritas. Quase nunca me deixa sozinho, nem no carro, nem às portas das lojas; inclusive, ele quase não me deixa sozinho nem em casa, pois pouco sai atualmente.

Andei vomitando muito estes dias, até vomitei sangue. A empregada chamou o veterinário, ele veio e me deu uma comida muito ruim; não gosto nada, faço cara feia, mas o chefe me pede e eu obedeço, deve me fazer bem, estou cada vez melhor, só que muito cansado, durmo e sonho o dia inteiro. Sonho muito com o mestre-deus-cão que brinca cada vez mais comigo, que me deixa ver minha fêmea querida e que me levou outra noite a um lugar onde estava todo o mundo que não via há muito tempo. Senti muita saudade, quero vê-los de novo. Eu bem que queria ficar lá, mas acordei, meu mestre está me levando para passear de carro.

Que passeio bonito! Ele baixou a capota do carro e estou vendo o céu azul, nuvens e árvores. E quantos cheiros, que coisa boa! O mestre dirige só com uma das mãos; a outra é para me acariciar; a outra já faz parte de mim. Estacionamos o carro.

Gosto desta sala, gosto da enfermeira, gosto do veterinário. Nem sei por que os outros cães e gatos deixam esse cheiro de medo na sala das consultas, que covardes; eu nunca criei caso, nem nas vezes em que ele limpou meus dentes com aquela escova barulhenta; a gente tem de ser valente, ora essa! Sei que ele vai me dar uma injeção – nunca doeu, não vai doer agora; além disso, meu chefe está do meu lado, segurando minha cabeça, passando a mão no meu ventre inchado, que quase não dói mais, acariciando minha patinha. Quanto zelo por uma simples dor de barriga, já tive outras muito piores.

Nem senti a picada, e, gozado, que coisa mais bonita! Estou vendo tudo colorido; eu que sempre vi as coisas só em preto-e-branco; então é isso a cor? Que beleza! E vejam só quem está chegando, é Zoé – lembrei seu nome –, linda e cheirosa como no nosso primeiro encontro, e já me levanto e saio pulando e correndo. Mas o que é isso? Estou correndo pelo ar, estou voando como um passarinho, estamos voando os dois juntos, estamos trepando adoidados, e está todo mundo por aqui, estão todos rindo e brincando, e estou vendo lá em cima o meu amor maior, meu deus-mestre, o imortal, o de sempre, o de antes e o de depois, é ele, ele nos espera, vamos viver eternamente juntos, felizes e amantes. Nunca tive noção de tempo, e agora vejo que não importa: tudo é o instante presente, neste universo de amor.

16

SÓ OU ACOMPANHADO

Paris, 2000

— Que gozado, é a primeira vez que vou dormir sozinha!

Vovó tinha de passar a noite no hospital para uns exames; eu a havia acompanhado por falta de outra pessoa e estranhei o comentário, respondendo:

— Mamãe e tia Olga voltam de viagem amanhã, passam aqui logo cedo para ficar junto com você durante os exames, mas hoje você vai ficar vendo televisão. Aliás, não está na hora da novela?

— Ainda não. Mas você não entendeu, meu filho. Não é que eu esteja com medo, só que é estranho dormir sozinha, eu nunca dormi.

Só aí comecei a entender. Não se tratava de dormir num quarto sozinha, tratava-se de dormir numa cama sozinha, explicou vovó, calmamente. Última filha de uma família de cinco, ela havia dormido durante toda sua infância e juventude com uma das irmãs, na mesma cama, até casar. Depois do casamento, sempre dormiu com o marido, até ficar viúva; em seguida, voltou a dormir com a irmã solteirona, tia Olga, como na época da infância.

Eu tentei descobrir se era mesmo verdade; afinal; provavelmente houvera viagens, separações, visitas inesperadas, enfim, coisas normais que devem acontecer em quase oitenta anos de vida, obrigando uma pessoa a dormir só. Nada feito. Vovó continuou a afirmar que, segundo sua lembrança, sempre acabou dormindo com alguém.

Achei a coisa tão estranha que comentei o fato com meu primo, que pensou um pouco e deu-se conta de que, provavelmente, o caso não fosse único, ele iria verificar com algumas tias idosas da família. Dito e feito. Alguns dias depois, telefonou-me contando que não só várias tias como seu próprio pai nunca havia dormido sozinho, fora a época do serviço militar, e mesmo assim não se pode dizer que dormir em caserna seja dormir só...

Comecei a pensar que isso era coisa da minha família, grande família italiana de Santana, meio siciliana, meio napolitana. Mas fui perguntando e percebi que o mesmo acontecia em outras famílias, de outras origens – católicas, judaicas, ricas, pobres, paulistas, cariocas, urbanas, suburbanas, enfim, bastava haver família e o fenômeno estava lá. O caso de vovó talvez fosse extremo, mas a verdade é que comecei a identificar uma quantidade de situações que me pareceram exemplos dessa dependência familiar durante toda uma vida.

Fiz a lista dos meus amigos e colegas cujos pais tinham se separado, desquitado ou divorciado e que acabavam indo viver com os avós ou tios, com todas as suas vantagens e todos os seus inconvenientes. Lembrei-me da quantidade de vezes que escutara frases do tipo: "Ah, no domingo não posso, é dia de almoçar com meus... (tios, padrinhos, pais, avós)" ou "O Natal é sagrado, passamos sempre juntos" ou "É o aniversário da tia..., não sei se vou poder viajar com vocês...". Enumerei os amigos que me falavam das dívidas contraídas pelos familiares ou, ao contrário, do que a família fazia para "ajudá-los no começo". E os filhos que não se casavam para não deixar a mãe vivendo sozinha, o pai no sanatório ou a irmã abandonada.

Revi minha própria história. Infância e adolescência com a família, boa parte da universidade vivendo em casa, fim da universidade e primeiros meses de trabalho dividindo apartamento com amigos até o primeiro casamento... Sempre vivendo com alguém, até o divórcio. Entre dois casamentos, as relações ocasionais sempre dividiram casa, cama e comida comigo. Até o mês passado.

Fim de caso. Saí como havia entrado, duas malas de roupas, três caixas de discos e livros, uma caixa de objetos disparatados: um vasinho Gallé, um carrinho de plástico dos anos 60, uma caixinha de madrepérola, uns talheres de salada, uma latinha para guardar fumo... Pouco valor monetário, muito valor sentimental, coisas que me acompanhavam por anos de mudanças, casamentos, viagens. Ah, sem esquecer meu computador portátil, minha memória e minha mesa de trabalho ambulante.

Deixei muita coisa para trás, como de hábito em cada ruptura: a enorme cama de casal, o sofá, os *kilims* turcos, a louça inglesa, toda a roupa de cama, mesa e banho, o som, o vídeo, o micro-ondas. Nem posso dizer que foi por generosidade: os móveis e os eletrodomésticos foram comprados de segunda mão, a preço de banana, de um diplomata de volta ao país; a louça estava com peças quebradas, os *kilims* não eram antigos, o *linge de maison* estava fora de moda. Para dizer a verdade,

SÓ OU ACOMPANHADO 159

era mais questão de preguiça de minha parte. Fazer mudança é muito chato, quando há muito a levar. As divisões acabam sempre dando briga:

— Fui eu que comprei.

— Mas fui eu que paguei.

— Fui eu que escolhi

— De qualquer jeito, você jamais gostou.

Fim de caso, vamos deixar barato. A questão sentimental acabara há alguns meses; sobrou o sexo, mas foi ficando chato. Quando houve a primeira oportunidade, um deslize de infidelidade, tudo acabou, rápido e rasteiro: já era hora.

Passei uma semana no apartamento vazio da Glorinha; ela havia me deixado a chave para dar comida ao gato durante sua estada em Londres. Foi o tempo de alugar o primeiro *studio* simpático que a agência imobiliária me propôs. Não sei por que dizem que achar apartamento em Paris é difícil: é caro, isso sim, mas, desde que haja dinheiro, aluga-se e pronto. Sempre foi assim comigo; aliás, em toda a parte para onde meu trabalho me levou: Rio, Nova York, Toronto, Amsterdã. Não me lembro de ter passado mais de uma semana procurando apartamento – isso quando já não me instalava no apartamento "do amigo daquele amigo, que acabou de se separar" e ia morar num apartamento meio mobiliado, às vezes com cortinas, roupa de cama e até louça. Nunca liguei para decoração de casa.

Como tantas e tantas vezes, então, lá estava eu com algumas caixas e duas malas para arrumar dentro de um apartamento onde tudo estava por descobrir: tomadas, torneiras, macetes... Ainda bem que tudo estava à vista, era tão pequeno! Desta vez, o lugar estava realmente vazio; com exceção da minúscula cozinha "equipada", não havia nada além do que eu levava. Pelo menos estava limpo. Fui ao supermercado, comprei o essencial para a mini-geladeira, voltei e sentei no chão para fazer a lista do que deveria comprar com urgência: mesa e cadeiras, um *futon* ou equivalente, armário ou prateleiras, lençóis e toalhas, panelas, cafeteira elétrica e louça. Era sexta-feira, eu tinha o fim de semana pela frente, tudo deveria estar pronto na segunda, pois teria uma viagem de negócios no começo da semana.

O assunto se resolveu em dois dias e em duas lojas. O mais chato foi o transporte, porém o aluguel de um furgão solucionou o problema. Primeira loja: os móveis. Estacionar, escolher, verificar bem as medidas, pagar, colecionar as notas, descer ao depósito, fazer fila para pegar o material, atravessar Paris com a caminhonete abarrotada (ainda bem que era verão, pouco trânsito nas ruas), subir as enormes caixas para o apartamento com a ajuda do árabe da esquina; depois, horas para montar o futon, a mesa, as cadeiras, as prateleiras... E recomeçar: segunda loja, os acessórios, as coisas que faltavam. Mal dormi no sábado; simplesmente capotei de cansaço. Passei todo o domingo montando, arrumando, dando um jeito. Comendo sanduíches e tomando Coca Diet. Quando me dei conta, estava escurecendo, eram mais de dez horas da noite. Valeu, o apartamento estava pronto, eu já podia funcionar, já podia pensar.

Tomei um banho, com cuidado, pois a porta de vidro do boxe não era completamente hermética e deixava escorrer água, mas isso eu modificaria mais tarde. Coloquei um CD do Keith Jarret no aparelho novo e joguei-me pelado no sofá-cama *à la* japonesa; fiquei olhando e apreciando o trabalho dos dois dias. Eu havia batido todos os meus recordes. "Tudo pronto, e fiz tudo sozinho", acabei de perceber, sem palpite, quase sem ajuda, somente os músculos do árabe da esquina.

As três lâmpadas de canto espalhavam uma luz suave pela sala. Do lugar onde eu estava, podia apreciar o efeito total. Havia pouco para ver na cozinha aberta para a sala, só a cafeteira elétrica, a chaleira e alguns potes coloridos para organizar o básico – tudo muito funcional. O resto não estava à vista, ficava no armário sob a pia e no fogão. Na sala, a mesa redonda com meu vaso Gallé, as quatro cadeiras, as prateleiras já instaladas com som, livros, discos, meus objetos, até um lugarzinho bem bolado para o computador e uma cadeirinha ao lado. O armário embutido da entrada era espaçoso, havia lugar de sobra para minhas roupas, malas e tranqueiras. Idem no armário do banheiro – por sinal, grande demais para um apartamento pequeno. Fiquei feliz de ter comprado um tapete verde moderno, bem grande e bem fofo, para dar uma unidade ao sala-quarto. Talvez mais tarde fosse buscar um ou dois dos quadros que havia deixado em consignação para vender naquela galeria da Rive Gauche quando decidi nunca mais pendurar um quadro nas paredes. Estava com saudade deles; a gente muda de idéia, não é? Mas acho que vou continuar sem televisão; talvez acabe comprando uma só para ver filmes, não sei, a tentação é grande.

Em cima da mesinha de canto, o telefone – mudo, claro, pois ainda não fora ligado. Lembrei-me de ligar meu celular; nunca se sabe, alguém podia telefonar, mesmo em pleno mês de agosto. E se eu ligasse o computador? Mas ainda sem Internet, não poderia consultar meu correio eletrônico.

Continuei deitado no meu sofá, sentindo aquele cheirinho de coisa nova. Tocou a campainha, mas quase em seguida escutei:

— *Pardon, je me suis trompé.* Engano.

Mesmo assim, coloquei uma bermuda e saí à porta.

Era uma velhinha minúscula que estava abrindo a porta do apartamento ao lado e que pediu mil desculpas. Ela havia apertado minha campainha tentando acender a luz ao sair do elevador – os dois botões estão realmente lado a lado. Ela se queixou da luz do corredor do prédio, da disposição dos interruptores, do neto que não havia subido para acompanhá-la até a porta "sabendo que eu tenho dificuldades à noite...", repetiu que esperava não ter me acordado.

— Já é tão tarde, *monsieur*.

Eu a tranqüilizei, fechei a porta, voltei ao meu lindo e novíssimo apartamento, todo clarinho, com poucos móveis, bem com cara de apartamento de arquiteto, e fiquei imaginando o apartamento da velhinha, com suas paredes recobertas de papel de flores, sofás de veludo, quadrinhos, fotos e vasos por toda a parte. Fiquei imaginando-a fazendo um chá e tomando os comprimidos da noite, antes de dormir. Lembrei-me de vovó, que, só mesmo antes de morrer, conseguiu dormir uma noite sozinha, num leito de hospital.

O cheiro de novo do tecido do meu sofá continuou forte; resolvi dar várias esguichadas de água-de-colônia. Fica mais pessoal, mais usado. Eu bem que podia ter convidado a velhinha para tomar um chá, mas claro que isso não se faz, nunca depois das nove da noite, nesta cidade! E agora já é tarde para restaurante, cinema ou qualquer outra coisa; é domingo. É verão, ninguém em Paris, só os turistas, que estão... entre eles.

Consegui. Estou sozinho. Que pena, ninguém para ver o trabalho que fiz neste fim de semana. Não faz mal, amanhã vou viajar; na volta, conserto a porta do boxe. Depois, vou buscar meus quadros na galeria; eles ficarão ótimos na parede da frente. Depois, voltam meus amigos, será quase o final do verão, darei um jantarzinho de inauguração do meu apê novo.

Ah, que saco, hoje é domingo, é verão, estou cansado, não estou deprimido, não. Antes só do que mal acompanhado, dizia vovó. Mas a velha nunca dormiu sozinha, o que é que ela sabia da solidão? E ela nunca saiu do Brasil, nunca morou em Paris! Bom, amanhã, por via das dúvidas, compro uma televisão.

17

A CRUZ

Paris, fim dos anos 90

— Eu sei que vai ser um processo longo e doloroso; afinal, sou médica, mas vou carregar esta cruz até o fim, preciso fazer isso por ela.

Tuccio tentou analisar os sentimentos de Irina pela voz da mulher amada, mas não conseguiu. Como sempre, ele projetava o que pensava, o que sentia, nas palavras e nos atos dos outros, nunca conseguia ser completamente objetivo e sabia disso. Sem contar os milhares de quilômetros de distância que os separavam: ele em Brasília, ela em Paris; ele no meio de uma reunião estratégica no Itamaraty, ela saindo do hospital com a péssima notícia do câncer da mãe; ele suando naquele calorão de uma sala sem ar-condicionado, ela congelando numa rua cheia de neve de fevereiro... Esse foi o começo.

Tuccio nunca esqueceu a frase fatídica que acabou modificando sua vida; porém, passaram-se cinco anos e as lembranças foram se misturando. Tudo aconteceu como previsto por Irina naquele telefonema; foi realmente um longo e penoso calvário. Desde o momento em que se reencontraram em Paris duas semanas mais tarde, Irina já acusava o peso de um drama incipiente: as costas arcadas, as olheiras, o sorriso forçado no aeroporto. Não houve lágrimas nem grandes relatos sobre as condições da mãe: aquela espécie de pudor, misto de timidez e recolhimento, fazia parte da personalidade da esposa. Herança de Clarissa, assim como os olhos, os cabelos ou a maneira de falar – ambas falavam tão pouco!

As primeiras semanas de tratamento pareceram promissoras. A quimioterapia estava funcionando, as análises mostravam que o tumor havia estacionado e até se pensou em cirurgia, hipótese que foi logo afastada pela condição cardiológica precária da paciente. No final da primeira fase do tratamento, Clarissa decidiu passar algumas semanas de recuperação na casa de campo familiar, o ar puro lhe faria bem. Foi o único período em que Irina conseguiu viver um pouco. Se não para si, pelo menos para seu trabalho e seu casamento.

Mãe e filha passaram uma tarde preparando a viagem. Clarissa experimentou roupas que disfarçavam um pouco sua perda de peso, aceitou a peruca comprada pela filha e até mesmo chegaram a passar um momento agradável no Closerie des Lilas, o restaurante favorito de ambas. Durante esse período, Tuccio tirou alguns dias de férias e improvisou um curto cruzeiro para refazer as forças de Irina, sobretudo para tentar reencontrá-la num contexto mais propício. Na realidade, o cruzeiro serviu para que sua mulher pudesse dormir muito, relaxando a ponto de produzir uma de suas famosas enxaquecas, daquelas que a atacavam justamente após os períodos de

A CRUZ 165

estresse, quando as resistências baixavam. Globalmente, porém, ambos sentiram-se melhor após a viagem; voltaram a fazer amor e ficaram mais unidos. Irina conseguiu dedicar-se um pouco mais ao seu consultório, Tuccio voltou a envolver-se no trabalho da embaixada. Entretanto, essa fase de conforto relativo não durou muito. Foi, na realidade, a falsa calmaria que precede a tempestade.

Um mal-estar inesperado e Clarissa teve que voltar às pressas a Paris e ser hospitalizada, dessa vez por causa do coração. Foi só um susto; porém, acabara-se o período no campo. Aproveitando a estada dela no hospital, novos exames foram feitos e verificou-se que o câncer continuava progredindo. Vale a pena entrar nos detalhes médicos? Só o mínimo, para facilitar o entendimento. Houve nova quimioterapia aliada a radioterapia, manifestaram-se os efeitos nefastos em outros órgãos, passou-se à diminuição das dosagens, às mudanças de protocolo, às fases de atendimento em ambulatório alternadas às fases de hospitalização... cancerologia, cardiologia, radiologia, neurologia... Será que os diferentes médicos se entendiam realmente? Será que havia necessidade de tantos tratamentos, alguns antagônicos entre si? Será que não teria sido melhor se nada tivesse sido feito?

Irina, como médica, servia de interface entre os diferentes chefes de clínica; transmitia os diagnósticos e aconselhava a mãe como podia, fazia às vezes do seu irmão, que se escondia detrás dos próprios problemas. Sobrava pouco tempo para a vida do casal, para a casa, o jardim, os amigos. Mas todos entendiam, todos estavam com ela, todos telefonavam, convidavam, rezavam... Irina passou a viver em função da mãe; tudo foi desaparecendo à medida que Clarissa se dirigia ao seu destino final. A filha acompanhava-a, sem saber que desfazia aos poucos suas próprias ligações com a vida.

Mãe e filha, tão ligadas naquela proximidade de uma morte anunciada, de que falavam quando juntas? Foi Tuccio quem descobriu, sem querer, que pouco falavam das coisas essenciais. Numa de suas visitas à sogra (ele detestava a palavra, sempre havia preferido o nome dela, que lhe ia tão bem), resolveu falar da perda de seus pais e comoveu-se. Foi uma grande surpresa ver surgirem lágrimas no rosto de Clarissa. Lágrimas por ela, por ele, pelas pessoas que nunca chegou a conhecer? Tuccio nunca soube; porém, aquela quebra de gelo entre ambos provocou uma conversa mais íntima sobre a morte, a separação, mesmo detalhes de ritos funerários, até sobre o futuro, as heranças, a divisão de bens entre os filhos... Clarissa tinha muitas dúvidas, muitas preocupações que não dividia com ninguém, nem com a filha predileta. Tuccio surpreendeu-se, porém preferiu não contar à esposa. Na verdade, Irina também pouco expressava suas questões existenciais, menos por esconder alguma coisa que por um pudor excessivo, fruto de uma educação muito formal, talvez.

Quanto tempo durou esse preâmbulo de morte? Quase um ano. Ambas definharam. Clarissa pela violência do tratamento, Irina pelo sofrimento e pela dedicação sem limite. Apesar de se manter sempre muito bem cuidada e maquiada (para tentar enganar a mãe?), o rosto da esposa cobria-se de novas rugas, daquelas que transformam o olhar não necessariamente em velhice, mas num olhar de tristeza instalada, crônica.

O desenlace foi até muito bonito. Somente Irina estava presente, como sempre quis, somente as duas. Clarissa, já num estado comatoso, conseguiu sair dele por um último instante, só para abraçar a filha, dizer "Rina, minha querida..." e partir em paz. O enterro foi calmo, sóbrio e elegante, como Clarissa gostaria. Pouca gente, poucas flores, poucas lágrimas. Tudo muito contido, como havia sido sua própria vida. A única exceção, a única surpresa, foi a elegia improvisada, pronunciada com muita emoção por Tuccio no cemitério. Ele precisava se expressar, achou que todos precisavam daquela válvula de escape, mas talvez fosse só um reflexo de sua cultura expansiva.

Os dias, as semanas, os meses que se seguiram foram terríveis. Uma pesada cortina de desânimo, de tristeza, de inatividade abateu-se sobre Irina. Quase imediatamente, ela fechou seu consultório e ficou apenas com meio período no hospital. Tuccio não interferiu, não havia razões econômicas para tal, e pensou que a esposa retornaria às suas paixões de jovem: estudo, pesquisa, escrita, restauração de antiguidades, jardinagem. A herança, sem ser excessiva, era considerável para Irina e o irmão: uma propriedade para cada um, algumas rendas e um bom dinheiro que, se bem investido, poderia assegurar para ambos uma aposentadoria tranqüila. Passaram-se, porém, dois anos antes que o inventário terminasse, por pura negligência dos dois herdeiros.

Mesmo após dois anos, as propriedades continuavam fechadas, sem visitas, sem idéias de ocupação, venda, aluguel, nem projetos de reformas ou mudanças.

As rendas, frutos de alguns aluguéis arcaicos, continuavam pingando mensalmente; contudo, sem nenhum questionamento. O dinheiro, sendo os últimos investimentos feitos por Clarissa, diminuía a olhos vistos, sem ao menos que seus filhos se apercebessem, pois jamais buscavam informações nos bancos. Os papéis das diferentes administrações se acumulavam sem nenhuma reação, nem mesmo eram corretamente arquivados. Era como se um mausoléu virtual tivesse sido estabelecido tácita e passivamente após o desaparecimento da mãe. Esse mausoléu era composto de propriedades reais e virtuais; porém, estabelecido como túmulo abandonado num cemitério esquecido.

Tuccio já conhecia as tendências depressivas do cunhado e até esperava esse tipo de reação; no entanto, foi ficando cada dia mais preocupado com Irina. Após a fase de depressão aguda, ele sentiu que uma depressão crônica estava se instalando. Fez tudo o que pensou ser necessário, mas com pouquíssimos resultados. Organizava, sem cessar, jantares, passeios, reuniões, viagens, e Irina no último momento recuava, pretextando cansaço, trabalho, doenças reais e imaginárias. Chegou a marcar uma consulta com um analista para a esposa, mas ela não foi. Tentou escrever para fazê-la responder, mas a manobra não funcionou. As conversas do casal passaram a girar somente em torno da vida doméstica, sem entusiasmo, sem paixão. Havia muito o sexo entre eles fora extinto, restando somente a ternura do hábito de dormirem juntos. Sem filhos, o único verdadeiro elo do casal era Mancha, o vira-lata preto e branco que tinham achado na rua e que se tornara a atividade principal da esposa, mesmo seu assunto predileto.

Cinco anos, número mágico?! Como o tempo passa...

Tuccio levantou-se, porque Mancha lambia-lhe a mão; era a hora da sua saída ao jardim, mesmo sendo sete horas da manhã em um domingo de férias. Abriu a porta do terraço e deixou o cachorro sair, todo feliz. Deu-se conta de que era o quinto aniversário da morte de Clarissa ao olhar distraidamente o calendário e teve um estremecimento de medo. Já no ano passado, na mesma data, ele havia estabelecido um limite para aquela vida sem brilho que estavam levando. Não havia outro jeito, se não conseguia salvar nem a esposa nem o casal, teria de salvar-se a si mesmo. A separação, somente ele seria capaz de fazer, já que Irina havia perdido a capacidade de agir. Ah, como era duro, vinte anos jogados ao vento!

Preparou um café, voltou ao quarto. Rina estava mais linda que nunca, o rosto envolvido pelo sono havia perdido aquela marca profunda de tristeza. Parecia que a via depois de muito tempo, sentiu uma dor no peito, será que as coisas vão mudar? Por que haveria de respeitar uma data, um limite que ele mesmo se havia imposto? Quem sabe mais alguns meses, o tempo apaga tudo...

Irina abriu os olhos, espreguiçou-se, sorriu:

— Bom dia, querido. Acabei de sonhar com mamãe, ela estava tão bem, tão calma, foi chegando e tirou minha correntinha do pescoço, sabe, aquela com a cruzinha de topázio, que eu uso sempre... que gozado, não?

Os olhos de Tuccio encheram-se de lágrimas, sorria por dentro e por fora, e debruçou-se para beijar a mulher amada.

Quando seus lábios estavam alcançando o rosto sorridente da esposa, só sentiu a lambida insistente do cachorro. Abriu os olhos. Irina dormia profundamente ao seu lado.

18

SORTE

EUA e Europa, segunda metade do século XX

Minha mãe veio com a história de que eu tinha nascido com sorte quando consegui passar na tangente no meu exame de segunda época de latim – naquele tempo, ainda havia latim no colégio, ainda havia segunda época, ainda havia a crença de que a maior riqueza se encontra num estudo sério. Tive de aprender na marra; foi mamãe quem me fez aceitar um pouco a idéia do incerto, do indefinido, do destino, do irracional, da sorte.

Quando cheguei em casa depois do exame, todo ansioso, achando que fora péssimo no oral, muito pior do que todos os que estavam em recuperação, que teria de repetir o ano por causa daquele maldito baiano metido a padre, por isso ele ensinava latim, que não servia para nada, que havia perdido as férias à toa, foi ela, mamãe, quem me pegou no rosto e me fez observar um fiozinho de cabelo loiro bem no meio da testa:

— Você nasceu com uma estrela na testa, olhe aqui o rabinho dourado dela, como brilha! Não há com que se preocupar, tudo vai dar certo, meu filho, você vai passar de ano.

Passei de ano, me arrastei pelo próximo, muito confiante na famosa sorte, e acabei repetindo de vez no ano seguinte; fui reprovado vergonhosamente em três matérias, um desastre. Aquele fracasso escolar tomou as proporções de um drama, como sempre acontece quando somos obrigados a admitir que nem tudo é como esperamos, que somos frágeis e imperfeitos. Mas para mim, além do orgulho ferido, havia o fato de ficar atrasado em relação aos amigos, de ter de continuar num outro grupo, fazer novos amigos; tudo parecia ser o começo de um pesadelo que eu não tinha como enfrentar.

De novo, mamãe tentou me acalmar com a história da estrela na testa, que eu já tinha esquecido, e papai completou:

— Não faz mal, meu filho, isso é só um contratempo, não é grave, você tem toda uma vida pela frente, e essa tempestade é, na verdade, só uma chuvinha, *un pipi de chat*, um xixi de gato, como dizia tia Simone, Deus a tenha. Lembra quando você caiu do cavalo na fazenda? Então, filhote, as pequenas desgraças são só para nos preparar para ser fortes e poder enfrentar as grandes, quando elas vierem. E você verá que virão, mas sempre na medida da sua força, da sua capacidade de suportar, vencer, ficando cada dia mais forte e assim por diante. E sua mãe tem razão, você agüentará esse baque, sim, porque sua estrela está brilhando, olhe no espelho, vá, vá ver sua testa.

Que nada, que chuvinha e que estrela, eu estava enfrentando o que hoje eu chamaria de depressão e precisava de muito mais armas. Tio Fúlvio, meu tio favorito, veio com outra: me contou a história do fazendeiro que achou um pote de ouro e que, quando o vizinho lhe disse "Que sorte!", ele respondeu "Pode ser que sim, pode ser que não". Pouco tempo depois, ele foi assaltado, perdeu tudo e o vizinho disse "Que azar!", ao que ele respondeu "Pode ser que sim, pode ser que não"; de fato, tendo perdido tudo, ele resolveu plantar um novo legume, que vendeu muito. Tornou-se rico e abriu uma loja; de novo, o vizinho disse que ele tinha sorte e o fazendeiro ficou em dúvida. Mais tarde, a loja pegou fogo, ele teve de ir trabalhar no palácio como jardineiro e acabou virando conselheiro do rei por sua grande sabedoria, sabendo alternar com perícia sorte e azar, explicando aos outros que há sempre duas faces numa mesma moeda e que a esperança é a última que morre. A dica do meu tio era que, seguramente, eu poderia transformar minha perda do ano numa coisa boa. Só muitos anos depois entendi o que ele queria dizer.

Na verdade, ter repetido o ano, ter ficado para trás, me obrigou a conhecer novos grupos, mudar minha maneira de agir, saber adaptar-me a situações mais ou menos agradáveis. Acabei virando chefe de classe, fui escolhido para representar o colégio no exterior, fui morar fora do país, desenvolvi o gosto pelas coisas novas e pelas viagens, passei a incorporar mudanças como modo de vida, enfim, sem querer aquele episódio acabou transformando minha perspectiva de vida.

Essa coisa de sorte ficou gravada em minha mente tanto quanto aquele fio de cabelo na minha testa. Até hoje, supersticioso como bom brasileiro, de vez em quando verifico se meu rabinho de boa estrela ainda está por lá. Está, e isso me conforta; mas, ao mesmo tempo, anos de altos e baixos me ensinaram que a gente precisa dar um empurrãozinho ao destino. Meu lado racional, arduamente adquirido, pois não é nada inato, me fez revisar a tal idéia da sorte.

Voltando ainda alguns anos, dessa vez no Canadá, lembro-me de uma fase difícil, minha bolsa de estudos estava acabando, não conseguia escrever nem uma linha da tese, tinha terminado meu caso e me alternava entre a solidão, o frio e a saudade de uma vida mais amena e despreocupada. Quando a depressão estava no auge, tive uma queda idiota no gelo, quebrei a perna e fui obrigado a passar três meses com gesso. Justamente o tempo para escrever aquela tese que estava encruada. Quando terminei, a depressão não só tinha passado, como lá estava eu com energias renovadas, planos mirabolantes, projetos audaciosos. Consegui colocar vários em prática.

Acidente, doença, azar ou sorte? Depende.

E aquele terrível mês de junho em Paris, quando minha firma foi obrigada a fechar? Fiquei sem emprego, a Bolsa tinha dado uma revirada e minhas poucas ações vendidas às pressas mal davam para passar o verão, meu carro estava com o motor fundido, vida sentimental um deserto, todos os amigos saindo da cidade... Passei os meses de julho e agosto buscando qualquer tipo de emprego e só consegui fazer uma tradução técnica; setembro chegou e a penúria de empregos continuou, diziam que eu era super qualificado e por isso não me admitiam, as agências de trabalho temporário estavam lotadas, o que fazer? Cheguei quase ao desespero naquela cidade que deveria ser a mais bonita do mundo, naquele país que deveria super proteger seus cidadãos, mas sem nada para mim. Passei a andar à toa pelas ruas e pelo metrô, a beber vinho cada vez mais barato e, um dia, num barzinho bem escroto da Rive Gauche, encontrei um belga que estava de passagem, pois se dirigia a Santiago de Compostela.

Em dois dias, larguei tudo para trás, peguei uma mochila e saí andando, sem preparação, sem guia, sem nada, com a vaga intenção de chegar a Compostela, mas sem muita convicção.

Aprendi aos poucos a me vestir e a me calçar como peregrino, a caminhar pelos caminhos corretos, a buscar abrigo, a lavar minha roupa, a controlar minha respiração, a respeitar meus limites. Passei seis meses andando, quase sempre sozinho; cheguei a Santiago, continuei até o mar para tomar um banho despido de roupa e de preconceitos; fiquei alguns dias naquela cidadezinha de pescadores para poder assimilar que o importante não era chegar, era o caminho. Azar de perder o emprego? Sorte de encontrar o belga? Quem sabe?

Achei um trabalho de guia de turismo por acaso, dei sorte. Viajei pelos lugares mais conhecidos, e por alguns desconhecidos, da Europa, da Ásia, da África. Acabei montando uma agência de turismo, deu certo, que sorte. Encontrei o grande amor de minha vida, estamos juntos até hoje, que sorte. Passei pela droga, pelo sexo desenfreado, pela Aids, pelo desemprego, pela solidão, pela loucura, que sorte.

Em cada um desses elementos de sorte, agora me dou conta, há uma parte enorme de esforço, de trabalho, de persistência, de busca. É como se a estrela estivesse lá, mas a gente precisasse saber ativá-la, vê-la, e isso custa, isso requer esforço. Para mim sempre foi assim, cada uma de minhas vitórias foi conseguida com muita luta, mas os outros sempre as viram como sorte. E para os outros? Deixe-me ver. Há pelo menos três pessoas que me vêm à mente – mas, francamente, elas nasceram não só com uma estrela, mas com toda uma constelação na testa.

Voltando à época da escola, havia Tomás. Por mais que eu faça esforços de memória, não consigo ver nada de errado na sua vida: nascido em berço de ouro, família não só rica, mas culta, simpática, amorosa. Lembro-me das vezes em que íamos estudar na casa dele, os almoços na beira da piscina, a sala de estudos, o pai engenheiro que nos ajudava nos problemas da escola. Além disso, Tomás era um dos mais altos e fortes da classe, capitão do time de basquete, sua namorada era Clarice, linda, loira e primeira da classe. Ela, então, nem se fala; além de tudo, dançava balé, tocava piano, fazia até equitação na fazenda dos tios. Como sortudos se atraem, de namorados, eu soube, viraram noivos, provavelmente se casaram e tiveram filhos maravilhosos.

Na universidade, havia Gary. Na época em que tínhamos carros emprestados ou caindo aos pedaços, ele já tinha um conversível do último tipo. Era brilhante nas aulas, querido dos mestres, campeão de esqui, adorado das moças e achou um estágio que se transformou em emprego numa firma excelente, antes mesmo de tirar o diploma, em plena crise do petróleo. Hoje, deve ser empresário; no mínimo, com toda aquela bagagem...

Mas quem sou eu para afirmar tudo isso? Mesmo que, aparentemente, tudo lhes houvesse caído do céu, como posso saber com certeza o que aconteceu na vida íntima de cada um, como saber se não tiveram de fato nenhum problema, físico ou mental? E mesmo que não tivessem, quem sou eu para dizer que não fizeram nenhum esforço para obter o que tinham? E ainda que esse não fosse o caso, o que sei eu do resto de suas vidas? Estão vivos, mortos, com saúde? Como vivem hoje?

O que sei é que, baseado não só em mim, mas também em todos aqueles que conheço realmente (e que se contam nos dedos das mãos, no máximo), não conheço ninguém que tenha conseguido chegar ao momento presente sem luta, sem esforço, assim, de mão beijada. Vejo, isso sim, que o sucesso é sempre proporcional ao esforço feito – isso parece ser uma lei natural.

Por que, então, tanta busca de magia, de mandingas, de tentativas de burlar o destino, de maneiras para conseguir sempre mais com o mínimo esforço? Quem não tentou?

Como todo o mundo, quantas vezes fiz meus três desejos amarrando minha medida do Bonfim no pulso e mantendo-a até cair, quantas vezes me vesti de branco na noite de *réveillon* e fui pular sete ondas na praia, quantas e quantas vezes fui visitar pela primeira vez uma igreja e toquei a pia batismal, renovando meus desejos de saúde e prosperidade, de sorte? E os gatos pretos, as escadas e os espelhos quebrados que evitei? E o sinal-da-cruz feito antes de levantar vôo, as batidas na madeira para evitar o azar, o comigo-ninguém-pode na entrada, a ferradura atrás da porta, a vassoura em pé para mandar o convidado chato embora? Meus anos de tanta escola, minhas vivências em países racionalistas, nada disso conseguiu apagar minhas velhas superstições da infância.

Na verdade, mesmo nos Estados Unidos, na França ou na Alemanha, essa vontade de conjurar a sorte está presente, ao evitar o décimo terceiro andar dos prédios, ao não acender três cigarros com o mesmo fósforo ou ao dizer "merda" aos artistas antes do espetáculo. Em todos esses países, proliferam as seitas, os videntes, as revistas esotéricas. Os magos não são Chico Xavier ou Paulo Coelho (ainda que este último esteja por toda a parte), mas Edgar Cayce, Billy Graham, Fata Morgana, sem contar todos os gurus pseudo-orientalistas. *No creo en brujas, pero que las hay, las hay.*

Eu desisti de racionalizar, besteira. Só que prefiro guardar aquelas coisas mais abertas, que me permitem interpretar, que deixam o destino dar suas próprias respostas: prefiro o tarô, o I-Ching e as runas aos videntes, aos búzios e à loteria, mas não tenho nada contra. De vez em quando, dou uma escorregada e acabo me juntando a alguma daquelas correntes da internet, nunca se sabe. A informática é uma mágica incrível!

A propósito, vou fazer agora mesmo aquilo que um amigo informático virtual me ensinou; com um programinha jóia que a gente baixa da internet, vou contar o número de caracteres destas páginas, fazer um estudo numerológico computadorizado, reduzi-lo a um número e ver o que dará. Já fiz, coisa boa, deu o 7, número da sorte, para mim, que escrevo, para você, que lê.

19

UMA HERANÇA FORÇADA

**Belo Horizonte, Caldas Novas, Nova York,
Parati, Paris, Toronto..., anos 90**

A conferência "Teoria do caos aplicada ao gerenciamento moderno" era realmente chatíssima, mas fazia parte do seu trabalho; ele fora o único membro da direção a ser convidado – que fazer agora senão agüentar? De qualquer forma, no dia seguinte, teria de dizer alguma coisa inteligente sobre o tema. Tentou concentrar-se.

Plínio fazia todo o possível, tomava nota dos tópicos, virava-se na cadeira, folheava o resumo escrito; porém, o sono era mais forte, os olhos fechavam-se de maneira inexorável. O palestrante explicava o conceito de fractal aplicado às organizações modernas. Alguma coisa no meio da explicação pareceu-lhe familiar. Uma palavra, um desenho, ou talvez a entoação do conferencista faziam-no pensar em Lino. Quanto tempo! Mais de dez anos desde a sua morte... Que idade teria ele hoje? Talvez 70 anos. Revia o sorriso maroto e ingênuo naquele rosto prematuramente envelhecido, emaciado, francamente feio.

Como tinham se encontrado? Ah, claro, naquele restaurantezinho vegetariano de Toronto, bem na esquina das ruas Yonge e Bloor, como se chamava mesmo? Lógico, era o "Spice of Life", apesar de que o "tempero da vida" só poderia referir-se à maconha que todo mundo fumava abertamente lá dentro, e não ao gosto da comida – aliás, fora essa a razão pela qual ambos se haviam conhecido. Lino estava dando uma descompostura no garçom pela má qualidade do prato servido, com aquela sua voz estridente e seu sotaque mineiro fortíssimo, quase caricatural, chamando a atenção de todos.

Plínio lembrou-se de como se divertira, dizendo, antes mesmo de apresentar-se:

— Deixe pra lá, amigo. Aqui, a comida e o serviço são péssimos mesmo, mas a maconha que eles vendem lá atrás é a melhor da cidade!

— Olhe onde eu fui parar! E eu que estou procurando como um louco desde que cheguei! Mas o faro de maconheiro não engana. Toque aqui, compadre, "aprochegue-se".

Em alguns minutos, já se conheciam, já estavam "trocando figurinhas" sobre a cidade, as pessoas, os brasileiros perdidos por aquela terra gelada, a política, a sacanagem. E as drogas, claro. Ambos se encontravam no Canadá por acaso: Plínio porque estava representando sua firma em Toronto; Lino porque trabalhava no consulado brasileiro – chegara havia pouco; teria preferido Nova York, mas na última hora deram-lhe Toronto como prêmio de consolação. Tinham gostos em comum, apesar da grande diferença de idade, e compartilhavam amigos e conhecidos em várias partes do mundo. Como se divertiram naqueles poucos meses de inverno, quantos restaurantes, bares, passeios, mas, sobretudo, quantas conversas, conversas, conversas sem fim!

Plínio ria sozinho, lembrando-se das teorias malucas de Lino; era até desagradável, pois seu vizinho na cadeira do lado já o olhava incomodado, a conferência era das mais sérias! Ele tentou controlar-se e fingiu tomar notas no caderno. Na realidade, foi escrevendo os títulos das grandes idéias de Lino: "A Santa Ciência", "A Visão e o Som Hiper-reais", "A Peste da Família", "O Declínio do Homem", "O Final da Religião"... Foi anotando ao lado os lugares onde as grandes discussões tiveram maior impacto: Toronto, Nova York, Belo Horizonte, Parati, Paris, Caldas Novas.

A idéia da "santa ciência" até que se encaixava perfeitamente para a conferência seriíssima sobre as organizações caóticas que estavam sendo apresentadas pelo palestrante no palco. Quando foi que Lino lhe explicara a "santa ciência" pela primeira vez? Talvez na primeira noite em que saíram juntos. Depois de um ou outro baseado, lembrou-se Plínio.

Lino havia enrolado o baseado numa seda que parecia um santinho desses de primeira comunhão. Era um dos achados do seu novo amigo, de uma viagem à Índia: sedinhas impressas com deuses hindus.

— Parece um santinho, não é mesmo? Igualzinho ao santinho dos americanos, mas eles usam as sedas deles, impressas com o santo dólar. É a mesma coisa, não é? Cada um com o seu santinho.

Plínio lembrava-se, quase palavra por palavra, de um daqueles incríveis monólogos de Lino:

— Pois é, ó Plínio-o-moço, pense um pouco. Onde foram parar os nossos santinhos de missa, aqueles de primeira comunhão? Foram substituídos pelos santinhos das igrejas de hoje:

as notas de dinheiro. As igrejas são os bancos, é claro. Você não vai rezar lá dentro? Todo aquele mármore, aqueles bronzes... Olhe, na Santa Sé, que é em Nova York, há até estátuas de santos – aqui em Toronto são menos religiosos, só há pinturas. Em Londres e Paris, também são muito religiosos, praticantes ferrenhos. Eles têm razão. O Santo Capitalismo é incrível, tomou conta do mundo todo. Pena que esqueceram que o ritual da hóstia é importante; quase não comungamos mais com moedas de ouro, as verdadeiras hóstias. Também os santinhos estão mudando, acabou o papel, agora é tudo de plástico: os novos santinhos do Santo Capitalismo são os cartões de crédito. Aliás, acho que é uma seita. Na verdade, porém, a verdadeira religião é a ciência: a Santa Ciência.

Plínio não conseguia manter-se sério, principalmente porque a palavra "ciência" acabava de ser pronunciada pelo conferencista, num contexto completamente diferente.

— A ciência só pode funcionar se for baseada num dos grandes erros da humanidade, a matemática, porque, veja bem, Plínio, você já parou para pensar como a matemática é louca? Eu, desde menino, sempre achei que aquela coisa de dizer que "se A é igual a B e se B é igual a C, então A também é igual a C" é uma grande besteira. Afinal, desde quando A é igual a B? De jeito nenhum! A é A, B é B e C é C, tudo na natureza é diferente. Já não sou o mesmo que era ontem, nem dez minutos atrás; tudo vai mudando, não é? Aliás, reivindico meu privilégio de mudar qualquer uma de minhas idéias, do dia para a noite, só não quer mudar quem é burro.

Aquela crítica violenta contra a matemática, a ciência e o método científico fazia parte dos cavalos de batalha de Lino. Plínio não podia deixar de pensar que as idéias do seu amigo, apesar de excessivas, exageradas, subversivas, hoje causariam furor, mesmo nesta conferência tão careta! Ah, o gerenciamento, o *management*, as teorias econômicas que destroem aos poucos o que há de melhor neste mundo tão perturbado. Coincidentemente, o palestrante estava fazendo referência naquele momento ao "horror econômico", ou seja, tudo o que acontecia de horrível por causa da lógica implacável do lucro, do FMI, dos "pactos internacionais de crescimento fixo", das terceirizações, das deslocalizações, do trabalho e da dívida eterna do Terceiro Mundo, etcétera e tal. Pena que não foi Lino quem inventou a expressão, mas bem que poderia ter sido...

As idéias subversivas e iconoclastas de Lino não se limitavam às ciências exatas; ele adorava elaborar argumentos sobre sociologia, psicologia, política, arte, religião e muito mais.

No começo, Plínio achava que era tudo produto da maconha; lembrava-se dos imensos baseados *king size* do amigo, tão bem-feitos que enchiam os maços de cigarro Free e ficavam quase idênticos aos cigarros caretas. E quem imaginaria que aquele senhor tão distinto, vestido de azul-marinho ou de cinza, poderia estar fumando um baseado no terraço do Municipal, no barzinho do Museu de Arte Moderna ou no Café de Flore? Nunca passavam baseado na rua, cada um puxava o seu, isso aprenderam rápido. Quanto ao cheiro, aprenderam também a soltar fumaça para o alto (coisa de bicha, fazer o quê?), tinham aqueles *sprays* de bolso e até um ventiladorzinho a pilha. Quando a situação realmente não permitia fumar em público, Lino usava a maconha para preparar bolos, *brownies*, biscoitos, e os distribuía aos amigos nos cinemas, nos aviões, nos lugares mais circunspectos.

O mais engraçado de tudo é que aqueles conceitos não eram somente dependentes da maconha. As idéias continuavam seguindo seu curso, sendo mais elaboradas e trabalhadas em outros contextos, anos depois, mesmo naquela situação profissional vivida por Plínio. Mas de novo ele se desligava da conferência. Era tão mais interessante lembrar-se das teorias de Lino sobre a decadência da família, do homem, da religião, do governo, da arte... Cada uma de suas idéias aparecia de repente, durante uma viagem, no meio de uma festa, enquanto via um filme.

Sobre a família, por exemplo. Segundo Lino, ela havia se transformado numa das maiores desgraças da humanidade. Foi vendo um filme numa retrospectiva de Marcel Carné, *Les visiteurs du soir*, naquele cinema de arte do Village, em Nova York, que Plínio escutou pela primeira vez o discurso sobre a família. Quando, no meio do filme, o diabo começa a fazer a apologia de suas grandes e magníficas criações maléficas disseminadas pelo mundo, Plínio levou o maior cutucão no braço, indicando que deveria prestar atenção ao monólogo, e Lino lhe disse:

— Escute bem o que diz o diabo: "Veja bem o efeito de minhas grandes obras: a peste, a guerra, a família...".

E aparentemente o personagem havia dito exatamente aquilo! Depois daquele dia, Lino também passou a se referir à peste da família cada vez que a situação se apresentava. Muitos anos mais tarde, morando em Paris, Plínio comprou o vídeo do filme e, mostrando-o a amigos franceses, deu-se conta de que o que era dito pelo diabo na verdade era *"la peste, la guerre, la famine"* – e não – *"la famille"*. Imediatamente, telefonou a Lino para anunciar a descoberta e corrigir o erro; porém, a resposta do amigo foi:

— Certo, o Marcel Carné não teve coragem de atacar a família quando fez o filme, teve medo, foi cagão! Mas eu tenho, e confirmo que o diálogo seria muito melhor do jeito que eu imaginei. A família é ou não é uma peste? Alguém vai me contrariar?

Ele sempre achava algum argumento convincente para reforçar suas idéias. Na realidade, muita coisa era só "da boca pra fora"; por exemplo, quando Plínio se encontrou com a família de Lino em Minas, pela primeira vez. Deparou com o imenso amor que o amigo dedicava à família, nas atenções dadas a Dona Nelinha, a mãe viúva, que ele levou à Disneylândia quando ela completou 80 anos, nas bonecas de porcelana presenteadas a Belinha, sua irmã deficiente e sexagenária, nos conselhos dados às irmãs gêmeas cinqüentonas, Lina e Lidia. Todos se adorando, todos se divertindo juntos, sem nenhuma restrição.

Sobre o declínio do homem? O grande erro da raça, segundo Lino, foi o homem querer, justamente, ficar em pé. De acordo com ele, a posição vertical deve ter diminuído muito o fluxo de sangue na cabeça e o homem começou a delirar, a fazer besteira, a querer ser Deus, a destruir tudo em volta. Mas a situação piorou muito quando começou a vestir-se. Que loucura! Ele ainda admitia que o homem se cobrisse por causa do frio, mas no verão? No Brasil, na África, na linha do equador? E o que dizer de nadar com traje de banho, onde já se viu coisa mais esdrúxula?

De repente, ligando uma coisa com outra, Plínio lembrou-se daqueles banhos memoráveis feitos em traje de Adão: banho de mar em Taormina, banho de rio na Alemanha, banho de água quente em Caldas Novas.

Aliás, de onde surgira a idéia do som hiper-real? Foi naquela viagem que fizeram juntos a Caldas Novas. Naquela época, ainda existia a possibilidade de ficarem tranqüilos num dos braços do rio; havia um cantinho afastado onde podiam nadar sem roupa, fumar e falar à vontade. Foi Lino quem chamou a atenção do amigo para o fato de que, se olhassem o céu através da água, submersos, teriam uma visão de dentro para fora, com um ponto de vista particular: era a visão "hiper-real" dos peixes, que deveriam achar o mundo exterior muito bobo, sem graça, quando visto fora d'água. Ajudados pela excelente maconha brasileira, a idéia pegou de tal modo que, alguns meses depois, voltou e foi aplicada a outra modalidade artística. Estavam, como sempre, bem assessorados por uma maravilhosa *Cannabis sativa*, presente em deliciosos biscoitos de chocolate, pois desta vez assistiam a um concerto na primeira fila de um teatro parisiense. Fora de Plínio a descoberta de que se situavam quase dentro da orquestra, como peixes dentro de um rio sonoro, numa posição de poder ouvir um som hiper-real. Mais tarde, chegaram juntos à conclusão de que somente os músicos estavam no melhor ponto para curtir o som, como "peixes dentro d'água". E o mais favorecido de todos era o maestro, naquele posto central. O mais incrível é que não estavam tão pirados quando chegaram àquela conclusão: um famoso maestro de renome internacional disse quase a mesma coisa numa entrevista de televisão, anos depois, só que foi incapaz de usar a terminologia apropriada: o som hiper-real.

E que pensava ele da religião? Segundo Lino, nem as orientais se salvavam. Gostava demais das igrejas, dos templos, das sinagogas; porém, só pelo valor estético; quanto ao conteúdo, desconfiava. Para ele, tudo havia sido inventado para que o homem deixasse de pensar por si mesmo. Acreditava na maçonaria, como seu pai, mas recusava-se a fazer parte de qualquer loja. Dizia até que, quando ficasse bem velho, às portas da morte, iria à Índia, daria todos seus bens aos pobres, trocaria a roupa por um pano de algodão tecido por ele mesmo e que serviria de túnica, de coberta e de mortalha. Mais tarde, voltando ao assunto, disse:

— Para completar a cena e evitar o meu grande pecado de orgulho, a palavra, eu vou ter também que cortar a língua.

Isso ele nunca fez, não cortou a língua, não foi morrer na Índia; no entanto, conseguiu que sua última roupa fosse um simples pano, túnica e mortalha. Foi Lídia quem contou a Plínio, quando lhe deu a notícia do seu falecimento naquela pequena cidade mineira, no velho sobrado familiar, na cama do pai.

O rosto do amigo-mestre imprimiu-se claramente na memória de Plínio – logo ele, que nunca tirava fotografias. E havia deixado de ser feio; a barba natural, que ele sempre tivera, realmente suavizava o rosto. Segundo ele, fazer a barba todos os dias era parte da loucura do macho:

— A barba adoça o olhar, Jesus é que tinha razão. Alguém já viu um profeta sem barba? É uma questão de imagem, pô!

A conferência chegava ao fim, e, mesmo sem ter a mínima idéia do conteúdo, naquelas alturas, Plínio sentia pelo tom de voz do palestrante careca, sem barba e sem aura, que ele estava terminando. Lembrou-se, mais uma vez, da observação de Lino sobre "como receber aplausos no final de um discurso". Era tão simples, bastava mudar a cadência da voz, fazer que as palavras, quase sempre óbvias e de praxe naquele momento, fossem pronunciadas com um ritmo de subida e descida de tom, até aquele ponto final obtido pelo silêncio, assinando tudo com um bom gesto pessoal de fechamento, um sorriso velado e um olhar circular por toda a sala. Nem era preciso esperar o "Obrigado pela atenção": as palmas viriam antes. O conferencista, apesar de famoso, teve até de reforçar as palavras com um *slide* de agradecimento ao público, a fim de receber os aplausos; golpe baixo, diria Lino.

O pessoal começou a se mexer, Plínio certificou-se de não esquecer as cópias das transparências projetadas antes de levantar-se do assento, pois assim poderia fazer um resumo inteligente na próxima reunião de diretoria. Saiu da sala sorrindo, chegou até a rir no caminho para o estacionamento. Lino, que não acreditava na sobrevivência da alma e que queria morrer sem deixar rastro, havia sobrevivido muito mais do que pensava, havia deixado filhotes sem nunca ter tido filhos, havia marcado época sem nunca ter escrito um livro.

"Quem vai ser obrigado a escrever sobre tudo isso sou eu; presente de grego, que herança você me deixou...", pensou Plínio. "Será que até isso você planejou, Lino, seu filho-da-puta – desculpe, dona Nelinha, que a senhora não tem nada com isso..." Ele abriu a porta do carro, às gargalhadas.

Sobre o Autor

CLOVIS ZANETTI *nasceu em São Paulo, onde estudou e começou a trabalhar como engenheiro no final dos anos 60. Fez pós-graduação nos Estados Unidos, estudou e trabalhou no Canadá nos anos 70 e 80, onde, além de ser professor universitário, teve uma galeria de arte contemporânea em Toronto. Vive na Europa há mais de 20 anos, entre Paris, Bruxelas e sua querida Borgonha. É consultor para a Comunidade Européia e professor de Comportamento Organizacional em universidades francesas. Publica regularmente em revistas e jornais especializados sobre seu tema de predileção – a adaptação cultural a um mundo cada vez mais globalizado. Clovis viaja muito pelo mundo, por razões profissionais, vem regularmente ao Brasil e mantém contato com seus amigos e leitores através de e-mail.*

czanetti@free.fr

Direção editorial
Mirian Paglia Costa

Coordenação de produção
Helena Maria Alves

Capa: Aquarela
Tuneu

Foto do autor
Jean-Guy

Revisão de provas
Rita de Sousa

Projeto gráfico e
Editoração eletrônica
Maria Cristaldi

Filmes
Join Bureau

Impressão e acabamento
Assahi

Impresso no Brasil
Printed in Brazil

formato	*14 x 21 cm*
mancha	*10.5 x 17 cm*
tipologia	*Electra regular (12/15 texto)*
	Electra bold oldstyle figure (13/15 título)
papel	*Cartão Supremo 250 g/m2 (capa)*
	Chamois Fine 80 g/m2 (miolo)
páginas	*192*